Samt und Seide

Julian Steiger

SAMT & SEIDE

Liebe in Gefahr

Roman

Bibliografische Information Der Deutschen Bibliothek

Die Deutsche Bibliothek verzeichnet diese Publikation in
der Deutschen Nationalbibliografie; detaillierte bibliografische
Daten sind im Internet über http://dnb.ddb.de abrufbar.

Der Roman »Liebe in Gefahr« basiert
auf der Fernsehserie »Samt und Seide« produziert von
NDF mbH für das ZDF

Der Roman basiert auf den Drehbüchern
von Jürgen Werner und Michael Baier

© by ZDF/ZDF-Enterprises GmbH

1. Auflage 2002
Egmont vgs verlagsgesellschaft, Köln
Alle Rechte vorbehalten
Lektorat: LiteraturAgentur Axel Poldner
Produktion: Angelika Rekowski
Umschlaggestaltung: Alex Ziegler, Köln
Titelfoto: Foto/Klick Erika Hauri
Satz: Greiner & Reichel, Köln
Druck: Clausen & Bosse, Leck
Printed in Germany
ISBN 3-8025-2968-5

Besuchen Sie unsere Homepage:
www.vgs.de

Inhalt

Aussteiger   7

Unglücksrabe   34

Lebenszeichen   60

Aus der Traum   88

Findelkind   115

Börsenfieber   142

Aussteiger

Birgit staunte nicht schlecht. Die früher so bieder eingerichtete Villa war kaum wieder zu erkennen. Obwohl die Möbelpacker noch am Werk waren, ließ sich erahnen, wie die Räume im fertigen Zustand aussehen würden. Ein wenig nüchtern vielleicht, aber stilvoll und im Trend der Zeit. Lena bewies wie immer Geschmack. Von einer erfolgreichen Modedesignerin durfte man das auch erwarten.

Erfolg – das war Birgits Stichwort zu Beginn dieses für *Althofer* so verheißungsvollen Tages. Freudestrahlend drückte sie Lena eine aufgeschlagene Modezeitschrift in die Hand und deutete auf eine Zeile in einem Artikel, in dem es um die *Alta Moda* in Rom ging, wie Lena schnell erkannte. Sie hatte dort erstmals ihre Designs in einer aufwändigen Show präsentiert. »Damit hat sich die Augsburger Firma fest in den illustren Kreis von Mailand, Paris, London und New York etabliert«, las sie nun. »Man darf gespannt sein, ob sich die *Fashion Factory* auf dem Aktienmarkt genauso erfolgreich behaupten wird wie auf dem Laufsteg in Rom.«

Ohne Vorwarnung wurde Lena ganz schummrig. Sie spürte ein Ziehen im Unterleib und ein kaum zu beherrschender Brechreiz machte sich bemerkbar. Hastig drückte sie Birgit das Modejournal in die Hand, murmelte eine Entschuldigung und rannte zur Toilette.

Birgit folgte ihr. Was war nur los mit Lena? In letzter Zeit häuften sich solche Unpässlichkeiten. Außerdem wirkte sie oft abwesend und das, obwohl *Althofer* und die *Fashion Factory* im Umbruch steckten. Die Karten waren neu verteilt worden, Roland hatte die Firma verlassen, Wilhelm und ihr Vater August waren dafür eingestiegen, die Umwandlung in eine Aktiengesellschaft war vollzogen und schon bald würde die neue AG ihre Premiere auf dem Börsenparkett feiern. Heute auf der Aufsichtsratssitzung sollten die Einzelheiten besprochen werden. Ob Lena das alles zu viel wurde? Oder trauerte sie nur ihrem geliebten Chris nach, der sich aufgemacht hatte, um im Fernen Osten nach dem Sinn des Lebens zu suchen?

Die Toilettenspülung rauschte, Sekunden später ging die Tür auf und eine kreidebleiche Lena kam heraus. Birgit machte sich Sorgen. »Bist du krank?«

Lena schüttelte den Kopf. »Ich muss gestern beim Geschäftsessen mit Felix eine schlechte Muschel erwischt haben«, sagte sie.

Birgit nickte, doch in ihren Augen blieb eine Spur ahnungsvolles Misstrauen, dem Lena auswich, indem sie ihren Blick abwandte.

»Wirklich alles klar?«, fragte Birgit nach.

Lena tat so, als habe sie es nicht gehört und kehrte ins Wohnzimmer zurück. Birgit war zwar eine Freundin, doch zwischen ihnen würde immer ein Rest Fremdheit bleiben, der jenes bedingungslose Vertrauen, in das man sich blind hineinfallen lassen konnte, unmöglich machte. Vielleicht lag es an ihrem vielen Geld und an der Art, wie sie, oft ohne sich dessen bewusst zu sein, die Führung an sich zu reißen versuchte. Oder vielleicht auch an ihrem von jedem Zweifel unangetasteten Selbstvertrauen, das keine Schwäche zuließ. Jedenfalls fiel es Lena schwer, sich ihr gegenüber zu öffnen. Deshalb hatte Lena nicht ihr, sondern Waltraud den wirklichen Grund für ihre schon seit Tagen anhaltende Übelkeit verraten: Sie bekam ein Kind – von Chris.

Das Telefon schrillte. Lena zuckte zusammen, machte aber keine Anstalten abzuheben. Birgit wollte das für sie übernehmen, doch Lena hielt sie zurück. »Lieber nicht«, sagte sie nur. »Sonst werde ich bis zur Einweihungsparty heute Abend hier nie und nimmer fertig.«

Marion Stangl legte den Hörer zurück auf die Gabel. »In der Villa geht keiner ran«, ließ sie August Meyerbeer wissen, der in seinem vor kurzem bezogenen Büro saß und seine neue Aufgabe offensichtlich genoss.

Wie ein Wirbelwind war er seit seinem Arbeitsantritt durch die Chefetage gefegt und hatte sich mit jedem angelegt, der nicht nach seiner Pfeife tanzte. Sogar die allseits beliebte Marion Stangl hatte heute Morgen ihr

Fett abbekommen. Meyerbeer hatte sie wissen lassen, dass er es nicht besonders schätze, wenn Einzelheiten aus vertraulichen Gesprächen, die er und Wilhelm Althofer führten, in der ganzen Firma die Runde machten.

Da hatte Marion erst einmal geschluckt. Natürlich war ihr sofort klar gewesen, wovon er sprach, denn sie hatte Ewald Kunze tatsächlich eine abfällige Bemerkung von Meyerbeer mitgeteilt. Aber doch nur, weil es in ihren Augen eine himmelschreiende Ungerechtigkeit war, dem ehemaligen Buchhalter von *Althofer* erst einen neuen Posten in Aussicht zu stellen, um ihn dann doch in seinem Pförtnerbüro sitzen zu lassen. Waren das etwa die neuen Gepflogenheiten bei *Althofer*? Sie hatte dem alten Kunze Meyerbeers Worte, in einer Aktiengesellschaft wehe vielleicht doch ein zu schneidiger Wind für einen Buchhalter alten Schlags, nicht aus Klatschsucht erzählt, sondern um ihn aus seiner Lethargie zu reißen, mit der er diese Ungerechtigkeit hinnahm. Wie hätte sie ahnen können, dass Kunze mit seinem beschaulichen Dasein als Pförtner vollkommen zufrieden war? Und vor allem, dass er so ungeschickt war, ihre kleine Indiskretion Meyerbeer gegenüber zu erwähnen?

Marion war noch lange nicht über all dies hinweg, als Meyerbeer sie zum Diktat rief. Zum Diktat? Sie glaubte nicht recht zu hören. »Unsere Herren pflegen ihre Korrespondenz gewöhnlich auf Band zu sprechen«, sagte sie spitz und sah ihren ungeliebten neuen Chef über den Rand ihrer Lesebrille hinweg an.

Meyerbeers Augen funkelten belustigt. Er wusste genau, wo sie der Schuh drückte. Er hatte sie in ihrer Sek-

10

retärinnenehre verletzt. Und ihr Aufbegehren gefiel ihm, denn wenn er etwas nicht leiden konnte, dann waren das Duckmäuser. »Was halten Sie davon, wenn wir zusammen einen Kaffee trinken und Sie mir erklären, wie das Diktiergerät funktioniert?«, fragte er versöhnlich.

Überrascht von dem plötzlichen Wechsel in seinem Tonfall, sah Marion auf. Doch so leicht ließ sie sich nicht einwickeln. »Sie können mir ruhig diktieren«, beharrte sie.

»Wo bleibt eigentlich Wilhelm?«, fiel Meyerbeer da ein. »Rufen Sie ihn an, bevor wir mit dem Diktat anfangen.«

Zu Befehl, dachte Marion, kehrte an ihren Schreibtisch zurück und wählte Wilhelms Nummer, die sie auswendig kannte.

Wilhelm wusste auch ohne Marions Anruf, dass er spät dran war. Trotzdem hetzte er nicht sofort zur Tür hinaus, wie er es früher vielleicht getan hätte. War Zeitmangel nicht der Grund für den ganzen Schlamassel, in den seine Familie geraten war? Hatte nicht jeder immer zu wenig Zeit für den anderen gehabt?

Nach Rolands Selbstmordversuch hatte Wilhelm begriffen, dass man sich für manche Dinge einfach Zeit nehmen musste. Zu oft hatte er die Begründung, er habe zu viel am Hals, sei im Termindruck, als Ausrede benutzt, um sich vor seiner Verantwortung und der Auseinandersetzung mit seinen Kindern zu drücken. Nun hatte er die Prioritäten anders gesetzt. Zuerst die Menschen, dann die Geschäfte.

Nach seiner Kurzschlusshandlung war Roland im Haus seines Vaters untergeschlüpft. In vielen bis tief in die Nacht dauernden Gesprächen war man sich langsam wieder näher gekommen. Trotzdem gelang es Wilhelm nicht, Rolands ganzes Vertrauen wiederzugewinnen. Die Mauer zwischen ihnen hatte zwar Risse und Löcher bekommen, aber es würde noch lange dauern, bis sie abgetragen war.

Als Wilhelm ins Gästezimmer kam, fand er Roland zu seinem Erstaunen noch im Bett vor. Die Hände hinter dem Kopf verschränkt, starrte er nachdenklich an die Decke.

»Warum kommst du nicht runter?«, fragte Wilhelm.

»Was du gestern gesagt hast, geht mir noch immer durch den Kopf.«

Wilhelm schmunzelte, wenn auch mit leichtem Unbehagen. Er hielt sich nicht gerade für einen begnadeten Psychologen. Und manches Wort, das ihm über die Lippen kam, erschien ihm schon im nächsten Moment als irgendwie falsch oder zumindest nur halb wahr. »Leg nichts auf die Goldwaage, was ich nach dem dritten Glas gesagt habe«, gab er zu bedenken.

Ein kleines Lächeln umspielte Rolands Mundwinkel, verschwand aber gleich wieder. »Du hast aber Recht«, meinte er. »Spätestens mit vierzig ist jeder für sein eigenes Gesicht verantwortlich.«

Wilhelm trat ans Bett. »Was deines angeht, könnte eine Rasur nicht schaden. Wir müssen in die Firma.«

»Geh schon mal vor.«

»Roland ...!«

Wilhelm hatte sich bei Meyerbeer dafür eingesetzt,

12

seinem ältesten Sohn einen Beraterposten in der neuen Hierarchie der Firma einzurichten. Gerne hätte August dies abgelehnt, letztlich hatte er aber doch eingesehen, dass man Roland nach allem, was passiert war, nicht ins Leere fallen lassen konnte, schon gar nicht, da sich sogar Lena für Roland stark gemacht hatte. Dass er nun so wenig Engagement zeigte, verdross Wilhelm. Doch er schwieg.

»Ich komme nach«, versicherte sein Sohn.

Wilhelm gab sich geschlagen. Sie wollten sich vor der Sitzung am Nachmittag in der Firmenkantine zum Essen treffen. Dann verließ Wilhelm das Haus.

Roland atmete auf. Die Zeit mit seinem Vater war wichtig für ihn. Vieles begann sich zu klären. Vor allem aber begriff er, dass er sein eigenes Leben leben, seinen eigenen Weg gehen musste. Und je klarer ihm dies wurde, desto unmöglicher erschien es ihm, den Beraterposten in der neuen AG anzunehmen. Auch wenn Wilhelm die Bedeutung seiner zukünftigen Funktion immer wieder herausstrich, wusste er genau, dass er sie nur einer Gefälligkeit von Meyerbeer und Lena zu verdanken hatte. Denn wer hatte sich jemals wirklich für einen Rat von ihm interessiert?

Deutlicher als je zuvor erkannte Roland, dass es ein Fehler wäre, in die Firma zurückzukehren. Er bedauerte zwar, seinen Vater schon wieder enttäuschen zu müssen, aber es war unvermeidlich. Und noch etwas begriff er: Die Zeit, die Wunden der Vergangenheit zu lecken, war vorbei. Wilhelm hatte Recht: Mit vierzig konnte man sich nicht mehr mit den Fehlern der Eltern, der Gesellschaft oder wessen auch immer heraus-

13

reden. Irgendwann kam es ganz auf einen selbst an, irgendwann musste man sich und den anderen beweisen, was in einem steckte. Diese Zeit war nun für ihn gekommen.

Erfüllt von der Zuversicht, die die gewonnene Einsicht verschaffte, verließ Roland das Bett, zog sich an und packte seine wenigen Sachen zusammen. Er brauchte Geld. Nachdem Silke ihn um die Wohnung und den Sportwagen erleichtert hatte, waren seine Taschen und sein Konto leer. Zum Glück wusste er, dass Wilhelm in einer Kommode Geld aufbewahrte, das noch von einem Nummernkonto in der Schweiz stammte. Er wollte es nicht stehlen, sondern nur leihen. Sein Vater würde es zurückbekommen.

Nachdem er alle Vorbereitungen getroffen hatte, setzte er sich hin, um einen Abschiedsbrief zu schreiben. Vor ihm lag eine lange Reise mit unbekanntem Ziel. Doch wohin es ihn auch verschlagen würde, eines stand fest: Er begab sich auf den Weg zu sich selbst.

Als ob sie nicht schon genug Sorgen gehabt hätte, teilte Tom Lena auch noch mit, dass der für die neue Homepage gewählte Name *ACF – Althofer Czerni Fashion* – schon vergeben war und man sich entweder etwas Neues einfallen lassen oder dem Eigentümer der Domain den Namen abkaufen müsse. Lena konnte sich jetzt nicht mit so was befassen, denn ihr war schon wieder speiübel. Sie fertigte Tom so schnell wie möglich ab, legte den restlichen Weg zum Gebäude der *Fashion Factory* im Laufschritt zurück und suchte die nächste Toilette auf.

Waltraud glaubte, ein Gespenst trete ihr gegenüber, als Lena wenig später in ihr Büro kam. Nicht nur wegen ihrer Blässe. Der Glanz ihrer blonden Haare war stumpf geworden, das sonst so frische Blau ihrer Augen hatte sich in ein Steingrau verwandelt. Waltraud bot ihr Kaffee an, aber Lena wehrte heftig ab. »Nicht mal Wasser kann ich bei mir behalten«, sagte sie. »An Kaffee ist gar nicht zu denken.« Erschöpft ließ sie sich auf einen Stuhl fallen.

Waltraud legte ihr tröstend den Arm um die Schulter. »Da musst du durch.« Mehr hatte sie nicht anzubieten. Müde lehnte Lena sich an die Freundin.

»Hast du schon einmal daran gedacht, den ahnungslosen Vater zu verständigen?«, fragte Waltraud nach kurzem Schweigen.

Lena schreckte hoch. »Nein«, sagte sie knapp, aber bestimmt und griff nach der Post, die in einem Korb auf Waltrauds Schreibtisch lag, nicht, weil sie sich dafür interessiert hätte, sondern um von dem unliebsamen Thema abzulenken.

So leicht ließ Waltraud sich nicht abwimmeln. Sie nahm ihrer Chefin die Briefe aus der Hand und legte sie zurück in den Korb. »Lena!«

Mehr war nicht nötig. Lena kannte ihre Vorwürfe und Bedenken ja längst. Und sie wusste, wie unbegreiflich ihre Haltung für einen Außenstehenden wirken musste. Aber sie konnte nun mal nicht anders. »Ich will nicht, dass er wegen des Kindes zurückkommt«, erklärte sie. »Wenn überhaupt, dann soll er es meinetwegen tun.«

Sorgenfalten zeichneten sich auf Waltrauds Stirn ab, während ihr Blick an Lena herabglitt. Sie war nur noch

15

ein Häufchen Elend. Wie wollte sie in diesem Zustand die Anforderungen der nächsten Zeit überstehen? Aktiengesellschaft, Börsengang, die neue Kollektion. Und der Mann, den sie liebte und dessen Kind sie unter dem Herzen trug, Tausende von Kilometern entfernt.

Lena stand auf. Im Moment fühlte sie sich etwas kräftiger, das wollte sie ausnützen, um zu arbeiten.

Auf dem Weg zum Designstudio begegneten ihr Felix und Natalie. Zwischen den beiden stimmte es in letzter Zeit nicht mehr. Natalie verdächtigte Felix, dass er sich mit anderen Frauen traf. Lena wäre ihr gerne eine bessere Freundin gewesen, aber sie hatte einfach nicht die Kraft, auch noch für Natalie da zu sein.

Als Felix Lena sah, ging er entschlossen auf sie zu. Schon seit Tagen versuchte er, sie zu sprechen, doch es war ihm nicht gelungen, sie zu erwischen. Dass sie sich für Rolands Wiedereintritt in die Firma eingesetzt hatte, wollte ihm nicht in den Kopf.

»Ich brauche jemanden in der Firma, der mir den Rücken freihält«, erklärte sie nun, als er sie darauf ansprach. »Roland kennt hier jede Schraube und sämtliche Lieferanten.«

»Roland wird kneifen, darauf kannst du dich verlassen«, sagte Felix. »Es ist ein Unterschied, ob man als Angestellter oder als Anteilseigner in einer Firma arbeitet. Roland bringt das nicht, wetten?«

»Und du? Bringst du das?«

Felix setzte ein breites Lächeln auf. »Bei mir ist das was anderes. Ich habe mein Geld noch und kann mich bei dir einkaufen, sobald du an die Börse gehst. Roland hat nichts mehr.«

Lena missfiel die Art, wie Felix das sagte. War da nicht sogar eine Spur Schadenfreude in seiner Stimme? Aus ihm heraus lächelte die Gewissheit, wieder einmal alles richtig gemacht zu haben. Felix, der Glückliche. Felix, der ewige Sieger. Sie wusste nicht, welcher der beiden Brüder ihr letztlich lieber war: Felix, für den es die ganze Zeit nur um den größten persönlichen Profit gegangen war, auch auf Kosten der Firma. Oder der engstirnige Machtmensch Roland, der eigentlich immer um die Anerkennung seines Vaters gekämpft hatte. Eigentlich mochte sie keinen von beiden.

Sie ging einfach weiter und ließ Felix stehen.

»Ach ja«, rief er ihr nach, »zu deiner Einweihungsparty in der Villa kann ich heute Abend leider nicht kommen. Ein Geschäftstermin in München.«

Lena ging weiter. Sie wusste Bescheid. Er traf sich mit einer Frau. Felix hatte zwar immer Affären gehabt, aber in letzter Zeit bemühte er sich kaum noch, das zu verbergen. Ein sicheres Zeichen dafür, dass er an einer ernsthaften Beziehung mit Natalie nicht mehr interessiert war.

Froh, das alles hinter sich lassen zu können, machte Lena wenig später die Ateliertür hinter sich zu. Vor ihr breitete sich das vertraute kreative Chaos aus: aufgeschlagene Modehefte, Stoffe, Zeichnungen. Erschöpft lehnte sie sich mit dem Rücken gegen die Tür und schloss die Augen.

Als sie die Augen wieder öffnete, sah Chris sie von einem Foto an der Pinnwand herab an. Ihr Herz erhielt einen Stich. Sie wünschte, er wäre nicht fortgegangen. Sie wünschte überhaupt, dass alles ganz anders wäre.

Nun, da vieles von dem, wofür sie so hart gearbeitet hatte, erreicht war, fragte sie sich, ob der Preis, den sie dafür zu zahlen hatte, nicht zu hoch war. Aber hatte sie eine andere Wahl gehabt? Sie hätte nicht anders gekonnt. Alles, was sie getan hatte, hatte sie tun müssen. Und für Chris galt wohl das Gleiche.

Lena nahm Chris' Foto von der Pinnwand und ließ es in einer Schublade verschwinden. Wir beide sind uns zu ähnlich, dachte sie und gab sich einen Moment der Illusion hin, das Problem sei so leicht zu lösen.

Sie hatte sich kaum an ihren Arbeitstisch gesetzt, als es klopfte. Im nächsten Moment stand Natalie im Raum. Ihre dunklen Augen blickten traurig. Auf ihrem Gesicht lag zwar das übliche Lächeln, doch es wirkte wie eine brüchige Fassade. Nachdem sie ein wenig um den heißen Brei herumgeredet und Lenas neue Entwürfe mit nur scheinbarem Interesse betrachtet und kommentiert hatte, kam sie endlich zum Punkt.

»Hast du eine Ahnung, was Felix heute Abend in München macht?«, fragte sie.

»Geschäftstermin«, entgegnete Lena mit unsicherem Blick.

»Verstehe. Er trifft sich wieder mit einer dieser Silikon-Tussis.« Tränen traten in ihre Augen, Wut und Trauer mischten sich in ihrem Herzen. »Klar, da kann ich natürlich nicht mithalten«, stieß sie aus und klopfte sich demonstrativ gegen die nicht eben üppige Brust.

»Als ob es Felix darauf ankäme«, versuchte Lena sie aufzumuntern. Sie musterte Natalie mit einem raschen Blick. Schon immer hatte Natalie auf Probleme mit Ap-

18

petitlosigkeit reagiert. Aber selten waren die Folgen so deutlich sichtbar gewesen. »Hast du wieder abgenommen?«, fragte Lena.

»Jetzt fängst du auch noch damit an!«, entfuhr es Natalie. »Überhaupt: Wir sehen uns kaum noch.«

Lena wollte etwas erwidern, doch sie kam nicht mehr dazu, denn in diesem Moment schoss wieder dieser stechende Schmerz durch ihren Unterleib, sie krümmte sich unwillkürlich. Ihr Mund wurde trocken, die Kehle war wie zugeschnürt.

»Reden wir später darüber«, sagte sie mit Mühe, »mir geht es heute nicht so gut. Wieso hilfst du mir später nicht in der Villa?«

Natalie verzog nur verärgert den Mund, winkte ab und verschwand. Kaum war sie fort, da griff Lena zum Telefon, um ihre Ärztin anzurufen. So konnte es nicht weitergehen. Es musste etwas geschehen.

Wilhelm gefiel August Meyerbeers Idee, einen Manager aus der Brauerei für *Althofer* abzuwerben, überhaupt nicht. Welche Kompetenzen sollten Roland dann noch bleiben? Das würde für ständige Reibereien und Missverständnisse sorgen – wenn Roland den Posten unter diesen Bedingungen überhaupt antrat. Und Wilhelm wurde den Verdacht nicht los, dass August genau das verhindern wollte.

Da Meyerbeer kein Jota von seinem Plan abrückte, war es an Wilhelm, Roland die unliebsame Neuigkeit schonend beizubringen. Er sah auf die Uhr. Roland erwartete ihn vermutlich bereits in der Kantine.

Im Vorzimmer begegnete ihm Birgit, die ebenfalls zu

ihrem Vater wollte. Seit er zusammen mit Wilhelm die Leitung von *Althofer* übernommen hatte, beäugte sie argwöhnisch seine Geschäftsführung. Niemand kannte ihren Vater so gut wie sie. Mit seinem Pragmatismus benahm er sich manchmal wie die Axt im Walde. Und dass er von den Althofers und ihren Geschäftspraktiken nicht viel hielt, war ein offenes Geheimnis. Wilhelm schätzte er zwar als Freund, aber nicht unbedingt als Geschäftsmann. Ein verhinderter Schauspieler im Chefsessel – für ihn war das schon immer eine Vorstellung gewesen, die ihm Unbehagen bereitet hatte. Und der künstlerische Schlendrian nistete tief in dieser Firma.

»Stoffe und Mode sind keine Bierflaschen, die man vorne leer reinstellt«, belehrte Birgit ihn, »und hinten kommen sie voll raus.«

Meyerbeer winkte ab. Der Althofer'sche Bazillus hatte also auch schon auf seine Tochter übergegriffen. »Ich hab ein Memo an alle verschickt, das eine Bestandsaufnahme der desolaten Organisationszustände der Firma darstellt und zu Verbesserungsvorschlägen auffordert. Das Chaos hier muss ein Ende haben!«

Birgit rollte mit den Augen. Ihr Vater war unbelehrbar. Wieso versuchte sie es nur immer wieder. Sie stand auf, trat ans Fenster und schaute auf den Hof. Unten stand Wilhelm und unterhielt sich mit einem Arbeiter. Birgit wünschte, ihr Vater hätte ein wenig mehr von ihm. Von seiner Sensibilität.

»Tu mir einen Gefallen«, sagte sie und drehte sich um. »Lass mich nachher in der Sitzung sprechen. Ich kenne die Firma besser als du. Und auch die Animositäten.«

»Du meinst, weil keiner hier die Wahrheit verträgt.«
Meyerbeer erhob sich und ging auf seine Tochter zu.
Sie war ihm ähnlicher als sie es wahrhaben wollte.
Auch für sie zählte nur das Ergebnis. Das, was sie wei-
cher erscheinen ließ, war ihre Weiblichkeit.

»Werde bloß nicht schwach, wenn nachher dein Ex-
Mann auftaucht«, warnte er sie. »Du bist im Aufsichtsrat, nicht er. Er hat hier gar nichts mehr zu melden.«

Birgit fühlte sich ertappt. Seit Rolands Selbstmordversuch spürte sie, wie ihre Gefühle für ihn sich zu ver-
ändern begannen. Etwas von der früheren Zuneigung
kehrte zurück. Oder war es nur Mitleid? Er hatte sich
verletzlich gezeigt und das hatte seine sonst vorge-
schützte geschäftsmäßige Kälte mit einem Schlag zu-
nichte gemacht. Ein wenig war er wieder zu dem Roland geworden, in den sie sich einst verliebt hatte.

»Wahrscheinlich kommt er gar nicht«, sagte sie
schließlich. Bedauern klang aus ihrer Stimme.

Meyerbeer wurde hellhörig. »So einen Job kriegt er
nicht alle Tage serviert.«

Birgit war sich da nicht so sicher. Sie jedenfalls würde
diesen Posten an seiner Stelle nicht antreten, denn wie
immer man es auch drehte und wendete, es war eine
Demütigung.

Sie wandte sich wieder um und sah aus dem Fenster.
Wilhelm stand noch immer auf dem Hof, er verabschiedete sich von dem Arbeiter und ging weiter Richtung Kantine.

Als Wilhelm die Kantine betrat, war so gut wie niemand da. Die Mittagspause der meisten Arbeiter war

vorüber, hinter dem Ausgabetresen wuselte Katharina Schirmer herum, stellte Geschirr in die Spülmaschine, wischte Edelstahlflächen und Fliesen. Von Roland war nichts zu sehen.

Wilhelm nahm an einem der Tische Platz. Dass Roland noch nicht da war, beunruhigte ihn. Ob er es sich im letzten Moment anders überlegt hatte? Aber welche Alternative hatte er schon? Nein, so sagte er sich, er werde schon noch kommen.

Katharina Schirmer begrüßte den seltenen Gast mit großem Hallo, unterbrach ihre Arbeit und setzte sich zu ihm, um ihm alle Neuigkeiten aus der Belegschaft mitzuteilen. In einer kaum zu bändigenden Wortflut berichtete sie von Paul Wielands üblicher Griesgrämigkeit, vom Lottogewinn der Tippgemeinschaft, der in die neuen Aktien angelegt werden sollte, von der Entfremdung zwischen Emma Martinek und Leo Waitz. Während Wilhelm ihr sonst stets mit aufmerksamer Höflichkeit begegnete, fiel es ihm diesmal schwer, sich nicht anmerken zu lassen, wie sehr ihm ihre Geschwätzigkeit auf die Nerven ging. Schließlich unterbrach er ihre Suada und ging zum Telefon. Zuerst rief er bei Marion Stangl an und fragte nach Roland. Sie teilte ihm mit, er sei nicht da, habe auch nicht angerufen. Wilhelm probierte es zu Hause. Niemand hob ab. Bedrückt kehrte er an seinen Tisch zurück. Schon nach ein Uhr. Roland würde wohl nicht mehr kommen. Hatte er es nicht schon am Morgen geahnt? Obwohl er bedauerte, dass Roland die ausgestreckte Hand nicht ergriff, konnte er seine Entscheidung auch verstehen, ja, sie flößte ihm fast Respekt ein.

Aber da erfasste Wilhelm plötzlich eine tiefe Unruhe. Was, wenn Roland nicht nur den Posten sausen lassen wollte, sondern erneut auf dumme Gedanken käme? Wenn er das zu Ende bringen wollte, was ihm beim ersten Mal nicht geglückt war? Nicht auszudenken! Bis an sein Lebensende würde er sich Vorwürfe machen.

Mit wachsender Panik verließ Wilhelm die Kantine. Kaum war die Tür hinter ihm zugefallen, verfiel er in einen Laufschritt, den er beibehielt, bis er seinen Wagen erreicht hatte. Kurz darauf jagte er unter den neugierigen Blicken einiger Arbeiter über den Hof, hupte den alten Kunze aus seinem Pförtnerbüro und erwiderte kaum dessen freundlichen Gruß. »Schnell, ich hab's eilig«, trieb er ihn stattdessen an. Der Schlagbaum fuhr hoch.

Wilhelm hatte die Pforte hinter sich gelassen, als ihm eine junge Frau in einem roten Sportwagen entgegenkam. Obwohl er ihr nie zuvor begegnet war, wusste er instinktiv, um wen es sich handelte: Silke Richter, jene Stripteasetänzerin, die Roland den Kopf verdreht und in den Ruin getrieben hatte. Nein, er machte es sich nicht so leicht, ihr alle Schuld zu geben. Roland war mit selbstzerstörerischem Mutwillen in sein Unglück gelaufen. Aber sie war so etwas wie ein Unglücksengel und dass sie ihm ausgerechnet jetzt begegnete, erschien ihm wie ein böses Omen.

Während Wilhelm weiter zu seinem Haus raste, stellte Silke ihren Wagen auf dem Parkplatz ab. Schon aus der Ferne hatte sie das Schild der *Fashion Factory* gesehen. Dort hoffte sie jemanden zu finden, der ihr weiterhelfen würde.

23

Noch ehe sie eintreten konnte, ging die Tür auf und Felix kam ins Freie. Das Erstaunen in seinem Gesicht wich schnell einem sarkastischen Lächeln. »Die Femme fatale höchstpersönlich«, sagte er und kam näher, ließ einen abschätzigen Blick über sie gleiten. »In Kleidern hätte ich Sie fast nicht erkannt.«

Silke biss sich auf die Unterlippe. Sie hätte es ihm gerne mit gleicher Münze zurückgezahlt, aber sie tat es nicht, sondern fragte nur nach Roland.

»Sie haben ihm doch alles Geld abgeknöpft«, versetzte Felix. »Da ist nichts mehr zu holen.«

Auch diesen Vorwurf ließ sie an sich abprallen, ohne sich etwas anmerken zu lassen. »Dass Roland sich umbringen wollte, geht nicht nur auf mein, sondern auch auf Ihr Konto«, versetzte sie kühl. »Und auf das Ihrer ganzen kaputten Familie.«

»Ich soll schuld sein?«, lachte Felix auf.

»Roland war für Sie alle nur der Idiot vom Dienst, auf den alle eingeschlagen haben. Er hat mir mehr vom Elend in dieser Backsteinwüste erzählt, als es Ihnen recht sein kann. Aber Sie wird es auch noch erwischen. Genau wie mich. Weil das Leben …« Wider Willen hatte Silke sich nun doch in Rage geredet. Als sie sich dessen bewusst wurde, brach sie mitten im Satz ab und rang um Fassung. Nachdem sie Felix einen letzten bösen Blick zugeworfen hatte, ließ sie ihn stehen und verschwand ins Innere des Gebäudes.

Silke wusste, dass sie nicht in der Position war, anderen Leuten Vorwürfe zu machen. Schließlich hatten sie und Dr. Lausitz Roland in den finanziellen Ruin und in die seelische Zerrüttung getrieben. Lange hatte sie geglaubt, Roland wäre nur wieder einer dieser Männer, die meinten, sie könnten sie, und das hieß ihren Körper, mit ihrem vielen Geld kaufen. Sie hatte nicht gemerkt, wie ernst es ihm war. Vielleicht hätte sie gespürt, dass Roland anders war, wenn in ihr nicht diese beängstigende Kälte geherrscht hätte, die sie unempfindlich für eigene und fremde Gefühle machte. Erst sein Selbstmordversuch hatte sie aus der Erstarrung befreit. Sie war sich klar geworden, dass nie zuvor jemand bereit gewesen war, ihretwegen alles hinzugeben, sogar sein Leben.

Silke wusste, dass Lena Czerni, von der Roland oft gesprochen hatte, die Einzige war, die mit ihr reden würde. Sie wusste auch, dass Lena die Designerin hier war. Deshalb klopfte Silke aufs Geratewohl an die Tür, neben der auf einem Schild *Studio* stand.

Lena saß an ihrem Arbeitstisch und zerknüllte verärgert ein Blatt mit einer misslungenen Zeichnung, als Silke hereinkam. Heute wollte einfach nichts gelingen. Deshalb war ihr die Störung sogar recht, um sie von dieser unerträglichen Spannung zu erlösen.

Mit bedächtigen Schritten kam Silke näher. Ihr Herz klopfte aufgeregt, während sie sich vorstellte und erklärte, dass sie seit einiger Zeit vergebens versuche, Roland zu erreichen. Während sie redete, musterte Lena sie aufmerksam. So also sah eine Frau aus, deretwegen ein Mann alles hingab. Sie spürte eine unangenehme Kälte von ihr ausgehen, selbst jetzt, da sie mit unsicherer Stimme ihre Schuld bekannte.

»Er ist bei seinem Vater untergekrochen«, erklärte Lena. »Was wollen Sie noch von ihm?«

»Ich will ihm das Geld aus dem Verkauf der Wohnung zurückgeben«, sagte Silke. »Sechshunderttausend Euro. Und vor allem will ich ihm sagen, wie Leid es mir tut.«

Lena nickte. Es klang aufrichtig. »Ich werde es ihm ausrichten, wenn ich ihn gleich bei der Sitzung sehe.«

Nach einer kurzen Pause sprach sie weiter.

»Wenn ich Ihnen einen Rat geben darf, Frau Richter: Wenn Roland den Kontakt zu Ihnen nicht sucht, so sollten Sie das akzeptieren und abwarten. Er ist gerade dabei, sein Leben wieder in den Griff zu bekommen.«

Silke hob abwehrend die Hand und unterbrach Lena: »Ich habe verstanden.«

Sie wusste selbst, dass sie Roland nicht helfen konnte, ja ihn vielleicht noch tiefer in die Krise stürzen würde. Es tat ihr Leid, wenn sie daran dachte, wie viel Unglück sie ihm gebracht hatte. Ein schreckliches Gefühl. Und doch war sie auf gewisse Weise dankbar dafür, denn es war das Erste, was sie seit langem empfand.

Nachdem Silke das Studio verlassen hatte, klingelte Lenas Telefon. Tom war am Apparat. Er teilte mit, der Inhaber der Domain *ACF* verlange fünfundzwanzigtausend Euro für die Überlassung des Namens. »Der Typ macht nicht den geringsten Kompromiss.«

»Dann suchen wir uns eben etwas anderes«, entgegnete Lena knapp, wunderte sich dann aber, wieso Tom so vehement darauf pochte, genau diesen Namen zu verwenden und das Geld zu bezahlen. Doch sie hatte weder die Nerven noch den Kopf, sich länger damit zu befassen. Sie bat Tom nur noch, in der Villa zu helfen, die Feier am Abend vorzubereiten.

Dr. Straubinger, August und Birgit Meyerbeer erwarteten nicht nur Lena voller Ungeduld. Wilhelm und Roland fehlten auch noch, ohne dass jemand hätte sagen können, wo sie waren. »Bringen Sie mir wenigstens Wilhelm vorbei«, verlangte August Meyerbeer immer wieder von der hilflosen Marion Stangl.

Als zumindest Lena mit Ewald Kunze als ihrem Berater erschien, entschied man sich, auch ohne Wilhelm und Roland zu beginnen. August Meyerbeer forderte Straubinger auf, mit den einführenden Erläuterungen zu beginnen. Man nahm auf den bereitgestellten Stühlen im Büro Platz, Straubinger verteilte Kopien des Bewertungsgutachtens von der Wirtschaftsprüfungsgesellschaft, das die genauen Zahlen enthielt, auf die er sich in seinem Vortrag stützen würde. Dann trat er vor ein Flipchart und begann, das Vorhaben zu erklären: die Fusion der *Czerni Fashion Factory* mit der *Althofer GmbH* zur *Althofer-Czerni-Fashion GmbH*. Aufmerksam und eifrig in ihren Unterlagen blätternd, hörten alle zu.

Lena hatte alle Mühe zu folgen. Ertragswert, Betragswert, Abzinsung zukünftiger Gewinne – das alles waren böhmische Dörfer für sie. »Das musst du nicht so genau wissen«, sagte Straubinger, dem ihre Ratlosigkeit nicht entgangen war, milde lächelnd. »Entscheidend ist für dich, dass die Bewertung deiner Firma wesentlich höher ausfällt als die der Weberei von *Althofer*.«

»Und dementsprechend hoch wird der Anteil deiner Aktien nach der Fusion und dem Börsengang«, fügte Meyerbeer hinzu.

In diesem Moment ging die Tür auf und Wilhelm kam mit ernster Miene herein. Alle Blicke richteten sich auf ihn. »Na endlich!«, rief August aus. »Wo ist dein Filius?«

»Kommt nicht«, entgegnete Wilhelm und nahm auf einem der beiden leeren Stühle Platz. In der Brusttasche seines Hemdes steckte ein Umschlag. Rolands Abschiedsbrief. Wilhelm hatte ihn unter einer Vase gefunden. Roland bedankte sich darin für die Zuwendung und die Gespräche der letzten Zeit und versprach, sich zu melden, sobald er mit sich im Reinen sei. »Roland ist auf eine Reise mit unbekanntem Ziel gegangen.«

Jeder dachte sich seinen Teil dazu, doch keiner sagte etwas. Lena nahm schließlich das Gespräch an der Stelle wieder auf, an der es unterbrochen worden war. »Ich versteh noch immer nicht, was die Bewertung der Anteile für mich bedeutet. Heißt das nicht, ich mache die Arbeit, während die Firma Birgit und dem Rest der Familie gehört? Denn eines ist doch klar. Sobald wir an die Börse gehen, kaufen Felix und die anderen sich wieder ein. Dann ist doch wieder alles wie früher.«

»Also wirklich, Lena«, entgegnete Birgit. »Es geht doch nicht nur um Geld.«

Das sagst ausgerechnet du, dachte Lena, sprach es aber nicht aus, sondern sagte nur ins Unbestimmte: »Da habe ich leider ganz andere Erfahrungen gemacht.«

»Lena hat ganz Recht«, pflichtete Meyerbeer in der ihm eigenen Direktheit bei. »Es geht um Geld, und zwar ausschließlich. Wer was anderes behauptet, ist entweder ein Lügner oder ein Narr.« Er sah Lena auf eine geradezu väterliche Weise an. Ihrer Unwissenheit in geschäftlichen Dingen stand ein gesunder Menschenverstand gegenüber, der ihm gefiel. »Der Sinn dieser Veranstaltung ist ja gerade, eine Firmenkonstruktion zu schaffen, die auch dann noch funktioniert, wenn alle Krach miteinander haben. Und wie das jetzt organisiert ist, sind die Besitz- und Machtverhältnisse wunderbar ausbalanciert. Wir haben die Kohle – und du hast das Talent, mit dem wir alle noch mehr Kohle machen werden. Also lasst es uns tun!« Er klatschte zufrieden in die Hände.

Birgit schüttelte empört den Kopf. Ihr Vater redete daher, wie der Boss einer Ganovenbande, die ihren nächsten Coup plante.

Lena wollte noch etwas sagen, doch plötzlich spürte sie wieder dieses Stechen im Unterleib, diesmal heftiger als je zuvor. Gleichzeitig begann sich alles zu drehen, ihre Kehle wurde trocken und schnürte sich zusammen. Im nächsten Moment spürte sie den Drang, sich zu übergeben, obwohl sie seit drei Tagen nichts mehr gegessen hatte. Lena haspelte eine Entschuldigung, sprang auf und rannte aus dem Büro, stieß dabei mit Marion Stangl zusammen, die gleich hinter der Tür gestanden hatte. Sekunden später war sie im Flur. Sie versuchte, gleichmäßig zu atmen, um die Kontrolle über ihren Körper wiederzugewinnen.

Birgit war ihr gefolgt und stand nun mit sorgenvoller Miene neben ihr. »Mit einer Muschelvergiftung ist nicht zu spaßen«, sagte sie. »Soll ich dich zur Notaufnahme fahren?«

29

Lena schüttelte den Kopf. Doch den angebotenen Arm nahm sie gerne in Anspruch.

An eine Rückkehr in die Besprechung war nicht zu denken. Lena entschied, sich in der Villa, wo sie ein Schlafzimmer eingerichtet hatte, hinzulegen. Ihre Knie waren weich wie Butter, während sie über den Hof ging und sie wusste nicht, wie sie es ohne Birgit geschafft hätte.

In der Villa hatten Waltraud und Tom mit den Vorbereitungen für die Feier alle Hände voll zu tun. Tom fuhr mit dem Staubsauger durch das Wohnzimmer, Waltraud hatte Teller, Besteck und Servietten bereitgestellt und brachte nun Gläser aus der Küche. Als sie Lena erblickte, wäre ihr das Tablett fast aus den Händen gefallen. So elend hatte Lena noch nie ausgesehen.

»Sie muss sich unbedingt hinlegen«, erklärte Birgit und wollte Lena schon zur Treppe führen. Doch die hielt sie zurück. »Sag die Party ab, Waltraud«, bat sie ihre Freundin, »ich schaff es einfach nicht.«

»Und was mach ich mit den Schnittchen und dem Lachs?«, fragte Waltraud perplex.

»Bring alles in die Kantine. Frau Schirmer wird sich freuen.«

Während Waltraud noch eine Weile völlig sprachlos dastand, verschwanden Lena und Birgit nach oben. Lena entfuhr ein erleichtertes Seufzen, als ihre müden Beine die Last ihres Körpers nicht mehr tragen mussten. Sie schloss sofort die Augen.

Trotzdem blieb Birgit noch an ihrem Bett sitzen. »Ein Gutes hat es ja«, sagte sie ironisch, »so musst du dir we-

30

nigstens Vaters Sprüche nicht mehr anhören. Manchmal könnte ich ihn erwürgen.«

Lena hörte sie nur aus der Ferne. Ihre Gedanken waren ganz woanders. Bei Chris. Und bei Roland. Und bei der Firma. Sie zweifelte, ob es das gewesen war, was sie gewollt hatte. Aber was hatte sie denn gewollt? Kreativ sein, Stoffe und Mode entwerfen. Und nun musste sie sich mit Börsenwert, Bilanzen und allem Möglichen beschäftigen.

Sie schlug die Augen wieder auf, sah Birgit an. »Roland ist nicht gekommen«, sagte sie nur. Keineswegs enttäuscht, sondern einfach nur überrascht.

»Es geht auch ohne ihn«, entgegnete Birgit.

»Fast beneide ich ihn.«

Birgit sah sie erstaunt an.

»Einfach alles stehen und liegen lassen und aussteigen. Genau wie Chris.«

»Man kann nicht vor sich selbst weglaufen. Egal wie weit man rennt, man kommt immer nur bei sich selbst an.«

Lena zeigte keine Erleichterung. Ihre Augen wurden wässrig, das sonst so intensive Blau wirkte seltsam durchsichtig. Noch nie hatte sie sich so verlassen und so schwach gefühlt, nicht einmal nach dem Tod ihrer Mutter. Sie griff nach Birgits Unterarm und sagte kurzatmig: »Ich habe Angst, Birgit. Wie soll ich das alles schaffen. So viel steht auf dem Spiel … und ich …«

»Du schläfst jetzt erst einmal«, erwiderte Birgit. »Morgen geht es dir wieder besser und dann sieht die Welt schon ganz anders aus.«

Lena überlegte. Sie konnte nicht länger lügen, wollte

es auch nicht. »Ich hab keine Muschelvergiftung«, bekannte sie. »Ich krieg ein Baby.«

Da fiel sogar der sonst so schlagfertigen Birgit nichts mehr ein. Mit großen Augen sah sie Lena an, wusste nicht, ob sie sich freuen oder besorgt sein sollte.

»Sag es aber keinem weiter«, bat Lena. »Außer dir weiß nur Waltraud davon, sonst niemand.«

Birgit versprach nicht nur das, sondern auch, immer für Lena da zu sein. Sie nahm ihre Hand und drückte sie fest. Lena schloss die Augen. Birgit betrachtete ihr Gesicht, das selbst jetzt, da es blass und ausgezehrt wirkte, noch von kraftvoller Schönheit war. Plötzlich spürte sie eine tiefe Zärtlichkeit für diese Frau. Sie streichelte ihre Wange und war selbst ganz glücklich dabei. »Ich lass dich jetzt schlafen«, sagte sie nach einer Weile und erhob sich.

Lena öffnete die Augen noch einmal. »Danke«, sagte sie, »für … alles.«

»Das ist doch selbstverständlich.«

Nachdenklich ging Birgit die Treppe hinab. Lena als Mutter – im ersten Moment hatte sie es sich nicht vorstellen können. Doch je länger sie sich mit diesem Gedanken beschäftigte, desto mehr konnte sie ihm abgewinnen. Lena würde bestimmt eine gute Mutter sein.

Wehmut ergriff sie. Wenn sie und Roland ein Kind gehabt hätten, wäre ihre Ehe vielleicht zu retten gewesen. War nicht sogar die Kinderlosigkeit der eigentliche Grund ihres Scheiterns gewesen? Viele alte Gefühle, die sie für bewältigt gehalten hatte, kamen wieder in ihr hoch.

Sie ging ins Wohnzimmer, um mit Waltraud über

Lena zu reden. Als sie sah, dass sie mit Tom eine Flasche Champagner aufgemacht hatte, um die Enttäuschung über die abgeblasene Party und ihre unnütz gewordene Arbeit hinunterzuspülen, verwarf sie ihr Vorhaben.

Ehe die beiden sie bemerkten, wandte Birgit sich um und verließ das Haus. Die Aufsichtsratssitzung war ja noch nicht zu Ende. Doch im Moment wirkte das alles seltsam unwichtig für Birgit.

Unglücksrabe

»Sechs Monate Führerscheinentzug?«, rief Waltraud aufgebracht in den Hörer. »Nur weil ich ein bisschen zu schnell gefahren bin?« Sie war außer sich. Wie sollte sie ohne Auto in die Firma kommen? Und alles nur wegen ein paar Stundenkilometer zu viel auf dem Tacho und einem Gläschen Champagner zu viel im Blut.

Schimpfend wie ein Rohrspatz knallte sie den Hörer auf die Gabel. »Reine Schikane ist das! Wenn ich auf Kommando in Tränen ausbrechen oder mit den Wimpern klimpern könnte, sähe die Sache bestimmt ganz anders aus.«

Waltraud war so sehr mit sich und ihrer Wut beschäftigt, dass sie den Mann in der offenen Tür nicht bemerkt hatte. »Wie ich Sie kenne, haben Sie denen gehörig die Meinung gesagt«, meinte er amüsiert.

Erst jetzt blickte Waltraud auf. Uwe Lieber. Uwe war nicht nur der Inhaber der Fotoagentur *Images* und somit Geschäftspartner von Chris Gellert, sondern auch dessen engster Freund. Waltraud hatte in ihrem Ärger ganz vergessen, dass sie ihn zu sich gebeten hatte. In einer wichtigen Sache, wie sie am Telefon angedeutet hatte, ohne konkreter zu werden. Nun bezwang sie ihren Ärger und bat ihn herein.

Uwe nahm vor Waltrauds Schreibtisch Platz. »Ich vermute, es geht um Chris«, sagte er.

»Allerdings. Sie wissen nicht zufällig, wie man ihn erreichen kann?«

Uwe verneinte und erklärte, dass er die wichtigste Post an das Goethe-Institut in Neu-Delhi sende. Es gebe auch eine E-Mail-Adresse, aber ob die E-Mails Chris erreichten, sei ungewiss. Denn die Nachrichten, die er bisher an Chris geschickt habe, seien alle unbeantwortet geblieben. Trotz dieser wenig ermutigenden Aussichten gab er die Adresse gerne an Waltraud weiter. »Deshalb hätte ich aber nicht herkommen müssen«, sagte er, während er schrieb. »Sie wollen doch noch etwas anderes, hab ich Recht?«

Waltraud räusperte sich, ehe sie mit ernster Miene erklärte: »Ich will, dass Sie mit Lena sprechen.«

Uwe sah sie gleichermaßen erstaunt und besorgt an. Es musste irgendetwas mit Chris zu tun haben, das war klar.

Waltraud lehnte sich in ihrem Sessel zurück, ging ein letztes Mal mit sich zu Rate. Sie hatte Lena versprochen, niemandem von der Schwangerschaft zu erzählen, schon gar nicht Chris. Es fiel ihr nicht leicht, dieses Versprechen zu brechen. Aber blieb ihr etwas anderes übrig? Immerhin trug Lena die Verantwortung für ein großes Unternehmen. Wenn sie glaubte, ihr Zustand sei ihre Privatangelegenheit, dann stimmte das nur so lange, wie ihre Arbeit davon unbeeinträchtigt blieb. Und davon konnte nicht die Rede sein.

»Lena bekommt ein Kind von Chris«, sagte Waltraud.

Uwe schluckte. Dann entfuhr ihm ein überraschtes Lachen. Das Leben war schon eine merkwürdige Sache. Ausgerechnet der Nomade Chris, der unentwegt auf der Suche war, wurde Vater. Er selbst aber, der sich nichts mehr wünschte, als endlich sesshaft zu werden und eine Familie zu gründen, konnte noch nicht einmal die richtige Frau dafür finden.

»Und was wollen Sie von mir?«, fragte er unschlüssig.

»Sie kennen Lenas Sturheit so gut wie ich. Lena würde nie zugeben, dass sie Chris in dieser Situation braucht.«

Davon konnte Uwe in der Tat ein Lied singen. Was ihren Dickkopf anging, standen sich Lena und Chris in nichts nach.

»Was kann ich tun?«, fragte er.

»Vielleicht schaffen Sie es ja, Lena den Kopf gerade zu rücken. Ich hab mein Pulver verschossen.«

Uwe atmete schwer. »Versuchen kann ich es ja«, sagte er. Doch er wirkte nicht besonders zuversichtlich.

Waltraud war trotzdem froh, einen Verbündeten gefunden zu haben. »Aber jetzt bekommen Sie erst einmal einen Kaffee«, sagte sie mit einem aufmunternden Blick.

Lena bot ein Bild des Jammers. Trotz ihres angegriffenen Zustandes hatte sie in den letzten Tagen hart gearbeitet. Die Kollektion musste schließlich termingerecht fertig werden. Blass und ausgezehrt lag sie im Wohnzimmer auf dem Sofa, umgeben von einem Berg aus Modezeitschriften, Skizzen, Stoffen, unerledigter Post. Katharina Schirmer hatte einen Topf Hühnerbrühe und Käsekuchen gebracht, doch Lena war schon beim Geruch der Brühe speiübel geworden. Enttäuscht war die Kantinenwirtin wieder mit ihrem Topf abgezogen. Den Käsekuchen hatte sie in der Küche stehen lassen, obwohl Lena erklärt hatte, Käsekuchen könne sie schon gar nicht bei sich behalten.

Es klopfte. Birgit kam, um nach Lena zu sehen, die wieder kaum geschlafen hatte. Obwohl sie so geschafft war, schlief sie sehr unruhig in letzter Zeit, denn sobald sie die Augen schloss, stoben die Gedanken wild durcheinander. Sie musste dann an Chris denken und an das Kind in ihrem Bauch, an die neue Kollektion, die Firma, den Börsengang und wieder an Chris und das Kind. Wie sollte es nur weitergehen? Selten in ihrem Leben war ihr so bang gewesen.

Birgit setzte sich zu ihr ans Sofa und drückte ihre Hand. »Schon was von Chris gehört?«, fragte sie.

»Nein!«, fuhr Lena auf. »Der fehlte mir gerade noch.«

»Du willst es ihm nicht sagen?«

Lena schüttelte heftig den Kopf. »Damit er mir ein Leben lang vorhält, ich hätte ihm seinen Selbstverwirklichungstrip vermasselt? Nein, danke!«

Birgit verstand nicht, was mit den beiden los war. Aber wahrscheinlich verstanden sie es selbst nicht.

Und das war vermutlich das Hauptproblem. Deshalb wollte sie nicht länger nachbohren und wechselte das Thema. »Was ist eigentlich mit dem Namen für unsere Domain?«, fragte sie. »Willst du nun zahlen?«

»Bleibt uns wohl nichts anderes übrig«, seufzte Lena. »Irgendwie hab ich ein komisches Gefühl bei der Sache.«

Lena wurde hellhörig. »Wie meinst du das?«

Birgit zuckte die Schultern. Sie musste an das Gespräch denken, das sie eben mit Tom geführt hatte. Er war ihr irgendwie merkwürdig vorgekommen, obwohl sie nicht hätte sagen können, was sie misstrauisch gemacht hatte. »Ist nur so ein Gefühl«, sagte sie. »Ich hätte dich nicht damit belästigen sollen. Wie weit bist du mit der neuen Kollektion?«

»Fertig.«

»Fertig?«

Mit ungläubiger Bewunderung sah Birgit sie an. Diese Frau war ein Phänomen. Ein Muster an Disziplin und Arbeitswillen. Birgit spürte den Drang, sie an sich zu drücken und ihr zu gratulieren, aber sie kam sich im nächsten Moment lächerlich vor und ließ es, zumal ihr auffiel, dass Lena keineswegs stolz oder auch nur erleichtert wirkte.

»Zufrieden siehst du aber nicht aus«, sagte sie deshalb.

»Bin ich auch nicht«, kam es zurück. »Die Stoffe, die Wieland mir für die Oberteile der Sportsachen anbietet, taugen nichts. Sie …« Weiter kam Lena nicht, denn in ihrem Bauch zog sich wieder etwas schmerzhaft zusammen, sie spürte, dass sie sich gleich übergeben musste. Sie schoss hoch, schälte sich aus ihren Decken und Kissen und eilte zur Tür hinaus. Gleich darauf hörte man nur noch das Schlagen der Toilettentür.

Birgit wollte ihr folgen, doch das Klingeln des Telefons hielt sie zurück. Sie nahm ab. Wilhelm war am Apparat. Er hatte von Waltraud erfahren, dass Lena noch immer die meiste Zeit im Bett zubrachte, und machte sich Sorgen. Birgit beruhigte ihn. Lena sei nicht ernsthaft krank, nur eine Art kreative Ermattung, denn sie habe wie besessen an der neuen Kollektion gearbeitet. Wilhelm gab sich damit zufrieden.

»Hast du was von Roland gehört?«, wollte Birgit wissen.

Wilhelm verneinte. »Wenn er sich nicht bald meldet, schalte ich die Polizei ein.« Er klang nicht entschlossen, nur verzweifelt. Dann unterbrach er sich selbst, sagte: »Ich glaube, ich kriege Besuch. Gerade ist ein Wagen vorgefahren.«

Den Hörer in der Hand trat Wilhelm ans Küchenfenster und schob die Gardine beiseite. Er sah Silke Richter auf das Gartentor zugehen. Heute war sie nicht mit dem Sportwagen, den Roland ihr geschenkt hatte, unterwegs, sondern mit einem unauffälligen Kleinwagen. Vermutlich hatte sie das Luxusgefährt zu Geld gemacht. Wilhelm zog die Brauen zusammen.

»Es ist diese Frau«, sagte er empört in den Hörer. »Dass sie die Stirn hat, hier aufzukreuzen. Unerhört!«

Aufgebracht beendete er das Gespräch und trat vor das Haus. Breitbeinig und mit vor der Brust verschränkten Armen erwartete er sie. »Haben Sie überhaupt keinen Anstand?«, fuhr er sie an, als sie vor ihm stand.

Silke ging nicht darauf ein, sie hatte mit einem derartigen Empfang gerechnet. Sie holte einen Scheck aus ihrer Handtasche und überreichte ihn Wilhelm. »Da man mir nicht sagen will, wo Roland steckt«, sagte sie, »dachte ich, bei seinem Vater ist das Geld wohl am besten aufgehoben.«

Ungläubig las Wilhelm die Zahl auf dem Scheck: 600.000 Euro.

»Das ist der Erlös aus dem Verkauf der Wohnung«, erklärte Silke. »Das Auto steht noch bei einem Händler. Sobald es verkauft ist, bringe ich noch einen Scheck.«

Wilhelm kam aus dem Staunen nicht heraus. Wortlos starrte er Silke an. Mit vielem hatte er gerechnet, damit nicht.

»Ich weiß, dass das zu spät kommt«, sagte sie schuldbewusst und schlug die Augen nieder, hob den Blick im nächsten Moment jedoch gleich wieder und fragte mit Nachdruck: »Wo ist Roland, Herr Althofer? Ich muss ihn sehen!«

Ihr Wunsch, Roland wieder zu sehen, steigerte sich immer mehr. Wo früher nur Leere und Kälte gewesen waren, glaubte sie nun das Feuer der Liebe zu spüren. Und diese Liebe galt Roland.

»Leider kann ich Ihnen nicht weiterhelfen«, sagte Wilhelm, nun in viel sanfterem Ton. »Wieso sind Sie nicht früher gekommen? Sie hätten uns allen viel ersparen können.«

Das war Silke schmerzlich bewusst. »Was war, lässt sich nicht ändern«, versetzte sie. »Nur die Gegenwart haben wir in der Hand und mit ihr die Zukunft. – Sie wissen wirklich nicht, wo er sein könnte?«

In knappen Worten teilte Wilhelm mit, was Roland in seinem Abschiedsbrief geschrieben hatte. Sie hörte seine Sorge heraus, sprach schließlich das aus, was er so gerne unausgesprochen gelassen hätte. »Sie fürchten, er könnte sich noch mal …«

Wilhelm hob abwehrend die Hand, wollte es nicht hören.

In diesem Moment erklang eine Hupe. Wilhelm erkannte Cornelias Wagen. Silke hatte ihr Auto so geparkt, dass sie nicht vorbeikam.

»Sie bekommen Besuch«, sagte sie. »Da will ich nicht weiter stören. Auf Wiedersehen.« Sie streckte ihm die Hand entgegen. Trotz ihrer offensichtlichen Reue widerstrebte es ihm, der Frau, die Roland beinahe in den Tod getrieben hätte, die Hand zu reichen. Er schaute an ihr vorbei.

Als Silke sein Zögern bemerkte, zog sie ihre Hand zurück. »Schon gut«, sagte sie, den Schmerz über die Zurückweisung hinter einem Lächeln verbergend. »Wenn ich Roland finde, gebe ich Ihnen Bescheid. Und ich werde ihn finden, darauf können Sie sich verlassen.«

Sie wandte sich ab und ging den Weg zur Gartentür hinab. Nachdenklich sah Wilhelm ihr nach. Sollte er sich wünschen, dass sie Roland fand? Konnte sie ihm wirklich eine Hilfe sein? Oder würde sie ihn ein zweites Mal ins Unglück stürzen? Sein Blick fiel wieder auf den Scheck, den er immer noch in der Hand hielt. Ihre guten Absichten schienen echt zu sein.

Kurze Zeit später kam Cornelia mit dem kleinen Florian auf dem Arm den Weg zum Haus hinauf. Seinen

41

Enkel zu sehen war eine der wenigen Freuden, die Wilhelm in diesen schwierigen Zeiten geblieben waren.

Cornelia war bester Dinge. Seit sie mit ihrem Ehemann, Firmenanwalt Andreas Straubinger, nach Grünwald gezogen war, blühte sie regelrecht auf. Sie hatte die Last der Vergangenheit, vor allem ihre unglückliche, kurze Ehe mit Florian Unger, und mit ihr auch die Feindschaft zu Lena Czerni abgeworfen. Wilhelm war glücklich, dass sie Lena endlich als ihre Halbschwester akzeptiert hatte.

Im Haus, bei einer Tasse Kaffee, erzählte sie ihrem Vater von ihrem Plan, wieder arbeiten zu gehen. Sie wolle nicht auf Jahre hinaus Heimchen am Herd spielen. »Ich brauche eine Aufgabe«, sagte sie. »Etwas, das mit mir zu tun hat.«

»Dein Kind hat doch sehr viel mit dir zu tun«, entgegnete Wilhelm. »Und ist es nicht eine schöne und verantwortungsvolle Aufgabe, aus ihm einen anständigen Menschen zu machen?«

Cornelia lachte auf. »Das sagst ausgerechnet du? Dir war es doch schon zu viel, dich einmal im Jahr zwei Woche lang in den Ferien in Südfrankreich mit uns zu beschäftigen.«

Sie meinte es nicht so ernst, wie Wilhelm es aufnahm. »Das war ja der Fehler«, sagte er bedrückt. »Man rennt herum und findet sich wichtig. Bis man irgendwann begreift, dass das wirkliche Leben ganz woanders stattfindet.« Er nahm die Hand seiner Tochter. »Mach nicht den gleichen Fehler, Cornelia.«

»Das wirkliche Leben ist, eine Aufgabe zu haben und sie mit Erfolg zu meistern«, meinte Cornelia.

Wilhelm nickte. »Es ist dein Leben«, schloss er. Erfahrungsgemäß brachte es nichts, seinen Kindern ins Gewissen zu reden.

»Ich muss nur noch Mutter rumkriegen, dass sie mir Florian abnimmt.«

Nun war es Wilhelm, der auflachte. Er kannte seine Exfrau nur zu gut. Sie würde sich nicht so leicht als Babysitter einspannen lassen. »Dann viel Erfolg«, sagte er.

Tom stand am Fenster der *Fashion Factory* und schaute auf den Hof hinaus, wo Birgit und Isabella in ein angeregtes Gespräch vertieft waren. Hoffentlich verriet Isabella nicht, dass er sie heute Morgen um fünfundzwanzigtausend Euro aus ihrem Anteil am Lottogewinn der Tippgemeinschaft gebeten hatte. Fünfundzwanzigtausend Euro – das war der gleiche Betrag, der für den Namen der Domain verlangt wurde. Und das war kein Zufall.

Isabella hatte Toms Bitte mit der Begründung abgewiesen, dass das Geld von Ewald Kunze verwaltet und beim Börsengang von *Althofer-Czerni* in Aktien investiert werden sollte. Außerdem hatte seine Freundin wissen wollen, wofür er so viel Geld brauchte. Tom hatte hartnäckig geschwiegen, hatte nur gesagt, es handle sich um eine Sache auf Leben und Tod, was in keiner Weise übertrieben war. Doch das hatte Isabella nur noch misstrauischer gemacht und wie er sie kannte, würde sie nicht ruhen, bis sie herausgefunden hatte, was hinter seiner Anfrage und seinen Andeutungen steckte.

Nach einer Weile beendeten die beiden Frauen ihr Gespräch und gingen ihrer Wege. Toms Herz pochte. Wie befürchtet kam Birgit ohne viele Umwege an seinen Schreibtisch. Er hatte sich rasch wieder vor seinen Computer gesetzt und tat so, als beschäftige er sich mit der neuen Homepage. Sie trat hinter ihn und begutachtete das Layout.

»Toll«, sagte sie schließlich. »Fehlt nur noch der Name.«

Tom spürte, wie seine Hände zu schwitzen anfingen. »Seid ihr endlich zu Potte gekommen?«, fragte er, scheinbar beiläufig.

»Leider nein«, erwiderte Birgit, die in Wahrheit ihre Aufmerksamkeit weniger auf die Homepage und mehr auf Tom richtete. »Es liegt nicht an uns, sondern – an dir.«

Tom fuhr mit seinem Drehstuhl herum und sah sie an. Es fiel ihm schwer, ihrem Blick standzuhalten. »Hat Isabella was gesagt?«, fragte er schließlich.

»Das besprechen wir lieber in meinem Büro.«

Sie wandte sich um. Tief durchatmend erhob sich Tom und folgte ihr. Seine Beine waren schwer wie Blei, die Knie wie Butter. Während Birgit sich hinter ihren Schreibtisch setzte, blieb Tom an der Tür stehen. Sein Gesicht war eine undurchdringliche Maske.

»Nun sag schon, was los ist«, forderte Birgit ihn auf. »Auch ein Sunnyboy wie du kann mal im Regen stehen. So was passiert. Und es ist besser, sich in so einem Fall auszusprechen.«

Tom trat von einem Bein auf das andere. Sonst nichts.

»Tom!«, drängte Birgit.

»Ich komm schon klar«, sagte er schließlich.

»Dann sag mir, wofür du das Geld brauchst.«

»Das ist meine Privatangelegenheit.«

Birgit hatte genug von seiner Verstocktheit. »Zwing mich nicht, auf eigene Faust herauszufinden, was hinter deiner so genannten Privatangelegenheit steckt«, sagte sie streng und mit leicht erhobener Stimme. Ihre Augen funkelten. »So was kannst du vielleicht mit Lena machen, aber nicht mit mir.«

Tom schluckte. Wie meinte sie das? Stellte sie bereits einen Zusammenhang zwischen seiner Bitte an Isabella und der Forderung für den Namen der Domain her? Bestimmt. Aber sie hatte keinerlei Beweise. Er durfte jetzt keinen Fehler machen. Am besten weiter schweigen, sagte er sich.

Unterdessen war Birgit um ihren Schreibtisch herumgegangen. Sie stand jetzt unmittelbar vor Tom, sah ihm ins Gesicht. Es war schwer für ihn, ihrem Blick nicht auszuweichen. »Wieso wolltest du dir fünfundzwanzigtausend Euro von Isabella leihen?«, fragte Birgit noch einmal, schärfer als vorhin. »Es gehe um eine Sache auf Leben und Tod, hast du zu ihr gesagt. Was bedeutet das? Wirst du erpresst?« Sie wusste von Toms nicht gerade makelloser Vergangenheit. Vielleicht versuchte jemand, daraus Kapital zu schlagen.

Die beiden standen sich Auge in Auge gegenüber. Birgit war entschlossen, ihn nicht mehr vom Haken zu lassen. Und Tom war kaum weniger entschlossen, ihr nicht ein Sterbenswörtchen zu verraten.

Das Klingeln des Telefons unterbrach die Stille. Ohne

45

Tom aus den Augen zu lassen, nahm Birgit den Hörer ab. Waltraud. Sie ließ wissen, dass Uwe Lieber Lena zum Arzt gefahren habe. Birgit nutzte die Gelegenheit, um Waltraud etwas zu bitten. »Machen Sie mir einen Termin mit diesem Detlef Manger«, sagte sie. »Sie wissen schon, in Sachen Domain-Name.«

»Manger?«, entfuhr es Tom nervös. »Da würde ich ziemlich vorsichtig sein. Er war sowieso schon sauer, dass wir ihn im Preis gedrückt haben.«

Manger spielte gerne den coolen Typen, aber wenn man ihn unter Druck setzte, wurde er nervös und knickte leicht ein. Tom hatte von Anfang an gewusst, dass er eigentlich nicht der Richtige für diese Aufgabe war. Doch auf die Schnelle hatte er keinen anderen gefunden, den er als Strohmann hätte vorschieben können. Deshalb bekam er es jetzt mit der Angst zu tun. Instinktiv spürte er, dass das Gelingen seines Vorhabens auf Messers Schneide stand. Dennoch konnte er sich nicht entschließen, alles zu gestehen. Tom machte sich auf ein scharfes Verhör von Birgit gefasst, denn ihm war klar, dass ihr die äußeren Anzeichen seiner wachsenden Unsicherheit nicht entgangen sein dürften, obwohl er sich weiterhin bemühte, sein Pokerface so gut wie möglich zu wahren. Umso mehr überraschte es ihn, als Birgit sich wieder hinter ihren Schreibtisch setzte und sagte, er könne gehen, sie brauche ihn nicht mehr.

»Was hast du vor?«, fragte Tom mit unsicherer Stimme.

»Das ist meine Privatsache«, entgegnete sie hintergründig lächelnd.

Während Birgit ihn nicht weiter beachtete und sich den Unterlagen auf ihrem Schreibtisch zuwandte, verharrte Tom regungslos. Als er auch nach einer halben Minute noch dastand, blickte sie auf, lächelte ihn an und fragte: »Ist noch was?«

Er schüttelte den Kopf und ging.

Natalie hatte heute ihren freien Tag. Sie wollte richtig schön faulenzen, den ganzen Tag auf dem Sofa liegen, fernsehen und in Zeitschriften blättern. Doch irgendwie war sie mit nichts zufrieden. Die Fernsehsendungen fand sie langweilig, die Zeitschriften öde. Deshalb entschloss sie sich, ein wenig an die frische Luft zu gehen. Der Kühlschrank musste sowieso aufgefüllt werden, denn am Abend kam Felix von einer Geschäftsreise zurück.

Natalie fuhr mit dem Fahrrad zu einem Supermarkt in der Stadt und schleppte zwei Tüten voller Leckereien aus dem Geschäft. Als sie diese auf dem Fahrrad verstauen wollte, fiel ihr Blick zufällig auf das Hotel auf der gegenüberliegenden Straßenseite. Ihr Herz setzte einen Schlag aus. Das war doch Felix! In Begleitung einer langbeinigen Blondine! Und zu ihr hatte er gesagt, er käme erst heute Abend.

Natalies Augen füllten sich vor Wut mit Tränen, als sie sah, wie Felix die Blondine zum Wagen brachte und zum Abschied küsste. Schließlich ertrug sie den Anblick nicht länger und riss das Fahrrad aus dem Ständer. Dabei kippte eine Tüte aus dem Korb auf dem Gepäckträger und fiel auf die Straße. Glas zerbrach, Dosen schepperten und rollten in den Rinnstein.

Natalie kümmerte sich nicht darum, ließ einfach alles liegen, schwang sich auf das Rad und fuhr so schnell wie möglich davon.

Immer mehr Tränen rannen über ihre Wangen. Zuerst nahm sie den Weg nach Hause, aber dann wurde ihr klar, dass sie jetzt nicht allein sein konnte. Sie brauchte jemanden, um sich auszuheulen und ihre Wut auf Felix abzulassen. Lena fiel ihr ein. Wenn jemand sie trösten konnte, dann sie.

Natalie erwiderte den freundlichen Gruß nicht, den Ewald Kunze ihr von der Tür des Pförtnerbüros aus zurief. Wie eine Wilde trat sie in die Pedale und fuhr zur Villa. Lenas Auto stand da. Sie war also zu Hause. Gott sei Dank. Natalie konnte nicht ahnen, dass Lena mit Uwe in die Stadt gefahren war.

»Lena!«, rief sie in der Halle und stürmte die Treppe nach oben. »Lena!«

Ohne anzuklopfen, ging sie in Lenas Zimmer. Das Bett war leer. Auch das Sofa im Wohnzimmer. Enttäuschung machte sich in Natalie breit, der Schmerz griff wieder mit kräftiger Hand nach ihr. Auch in der Küche war Lena nicht. Immerhin, etwas Tröstliches entdeckte Natalie: den Käsekuchen, den Katharina Schirmer am Morgen zurückgelassen hatten. Fünf große Stücke.

Natalie nahm eines und biss kräftig hinein. Mit einem schlechten Gewissen legte sie es wieder zurück. Wie viele Kalorien hat so ein Stück?, fragte sie sich. Wenn ich auch noch zunehme, mag Felix mich überhaupt nicht mehr. Sie sah die Wespentaille der Blondine, mit der er vorhin aus dem Hotel kam, vor sich. Ach, dachte sie dann wieder, wen kümmert schon

Felix. Es ist sowieso aus, und zwar endgültig! Um dem aufkommenden Schmerz entgegenzuwirken, biss sie von dem Kuchen ab, diesmal ein größeres Stück, stopfte sich die Backen damit voll. Zumindest für den Augenblick fühlte sie sich besser. Sie nahm eine Milchflasche aus dem Kühlschrank und trank einen kräftigen Schluck. Der Kuchen lächelte sie an. Ein Bissen noch, dachte sie. Was kann das schon schaden? So ging es fort, bis fast der gesamte Kuchen vertilgt und mit Milch hinuntergespült war. Nur ein kleines Anstandsstückchen war übrig geblieben.

Der Katzenjammer folgte auf dem Fuß. Natalie hatte das Gefühl, Gift gegessen zu haben. Sie legte die Hand auf den Bauch. War er nicht kugelrund? Sie eilte nach draußen, suchte einen Spiegel und fand auch einen. Mein Gott, dachte sie, man sieht es schon. Ich bin selber schuld, dass Felix mich so abstoßend findet. Ich fresse wie ein Scheunendrescher und werde jeden Tag fetter!

Das durfte nicht sein. Das Zeug musste wieder raus, ehe es seine schädliche Wirkung entfalten konnte, und zwar auf dem schnellsten Weg. Natalie stürmte auf die Toilette, beugte sich über die Kloschüssel, riss den Mund auf und steckte sich den Finger in den Rachen. So wurde sie das ganze Zeug wieder los und nicht nur ihr Körper, sondern auch ihre Seele fühlte sich erleichtert. Wie jedes Mal.

»Natalie!«

Natalie fuhr hoch. Das war Lena. Wahrscheinlich hatte sie ihr Fahrrad vor dem Haus gesehen. Sie nahm etwas Klopapier, wischte sich den Mund ab.

»Natalie!«

»Komme gleich!«

Sie drückte die Klospülung. Ehe sie nach draußen ging, warf sie noch einen Blick in den Spiegel. Ich sehe schrecklich aus, dachte sie. Ihre Hand fuhr über den Bauch. Wenigstens der war wieder so flach wie immer.

Zu Natalies Überraschung fand sie Lena nicht allein im Wohnzimmer vor. Mit Uwe hatte sie nun wirklich nicht gerechnet. Doch es war eine freudige Überraschung. Sie wusste, dass er mehr als nur eine Schwäche für sie hatte und bei einer kleinen Party in Chris' Atelier waren sie sich sogar schon näher gekommen. Mit Rücksicht auf Felix hatte sie die Sache damals nicht vorangetrieben. Das war vielleicht ein Fehler gewesen. Doch einer, der sich korrigieren ließ, so wie er sie jetzt ansah. Uwe war zwar eigentlich nicht ihr Typ, aber er war nett. Und er himmelte sie an. Genau das brauchte sie jetzt für ihr angeschlagenes Selbstbewusstsein.

»Was ist mit dir?«, fragte Uwe besorgt und trat auf sie zu. »Hast du geweint?«

»Nein … ja … ach …!« Natalie war verwirrt.

Stockend und immer den Tränen nahe, erzählte sie, was sie vor dem Hotel gesehen hatte.

»Hab ich es dir nicht gesagt«, fiel Uwe aufgeregt ein, kaum dass sie ausgeredet hatte. »Der Kerl verdient dich gar nicht. Wie viele solcher Beweise brauchst du noch, bis du das begreifst?«

Lena warf Uwe einen vorwurfsvollen Blick zu. Seine Gefühle für Natalie disqualifizierten ihn als Ratgeber.

»In der Küche steht Käsekuchen von Frau Schirmer.

Beschäftige dich doch so lange damit, während Natalie und ich uns unterhalten.«

Widerwillig erhob sich Uwe und trottete in die Küche. Er hätte Natalie gerne seine tröstende Schulter hingehalten. Am liebsten hätte er ihr den ganzen Rest auch noch angeboten. Vielleicht waren seine Aktien ja schon bald gestiegen.

Uwe trat an die Anrichte, wo der so gut wie leere Kuchenteller stand. Das kleine Stückchen reicht ja höchstens für den hohlen Zahn, dachte er. Offenbar war ihm jemand zuvorgekommen. Er nahm den Kuchen und ging wieder in den Flur, um an der Wohnzimmertür zu belauschen, was drinnen besprochen wurde.

Uwe hörte gerade noch, wie Lena anbot, zwischen Natalie und Felix zu vermitteln. Zu seiner Freude widersprach Natalie heftig. »Das ist sinnlos«, sagte sie. »Diesmal ist endgültig Schluss!«

»Das sagst du doch immer.«

»Aber noch nie war es mir so ernst.«

Damit Lena diesen für ihn sehr vorteilhaften Entschluss nicht noch ins Wanken brachte, klopfte Uwe an die Tür und trat auch gleich ein. Lena sah ihn erstaunt an. »Du hast den Kuchen aber schnell verputzt«, sagte sie.

»War ja nur ein kleines Stück.«

Kleines Stück?, dachte Lena. Das hatte sie ganz anders in Erinnerung. Fünf üppig bemessene Stück Kuchen hatte Katharina Schirmer gebracht. Fragend sah sie Natalie an. Doch sie kam nicht dazu, die Sache zu klären, denn ihre Freundin wandte sich gerade mit einem ihrer spontanen Einfälle an Uwe.

»Glaubst du, Chris hätte was dagegen, wenn ich in seinem Studio kampiere, bis ich etwas anderes gefunden habe?«, fragte sie.

»Natalie!«, rief Lena empört. Sie machte sich nicht nur um ihre Freundin Sorgen, sondern auch um Uwe. Schließlich hatte Natalie ihm schon einmal das Herz gebrochen.

»Bestimmt nicht«, antwortete Uwe schnell. Am liebsten hätte er einen Freudentanz aufgeführt. Wenn Natalie in Chris' Studio wohnte, so sein Kalkül, war sie ganz in seiner Nähe. Dann hatte er gewissermaßen Heimvorteil. Und es musste schon mit dem Teufel zugehen, wenn er den nicht nutzen konnte.

Lena war von der Brillanz dieser Idee ganz und gar nicht überzeugt. Sie kannte Natalie gut genug, um zu wissen, wie schwankend ihre Stimmungen sein konnten. Schon morgen heulte sie sich vielleicht die Augen aus dem Kopf, weil sie ihren Felix vermisste. Wenn sie aus der gemeinsamen Wohnung auszog, schuf sie eine Situation, die nicht mehr so leicht zu bereinigen war.

Doch für Natalie und Uwe war es eine beschlossene Sache. »Wir fahren nur noch schnell zu mir und holen meine Sachen«, sagte Natalie auf dem Weg nach draußen zu Uwe.

»Machen wir«, entgegnete dieser, wandte sich noch einmal zu Lena um und zwinkerte mit einem Auge. Dann waren sie schon zur Tür hinaus.

Mit sorgenvoller Miene blieb Lena zurück. Vom Fenster aus sah sie zu, wie Uwe und Natalie in den Lieferwagen stiegen und davonfuhren.

52

Ahnungslos platzte Felix ein paar Stunden später in eine Besprechung zwischen Waltraud und Lena im Wohnzimmer der Villa. Die beiden Frauen gingen gerade die Fitness-Kollektion durch. Er überraschte sie mit der Nachricht, dass er einen riesigen Auftrag mit einem Gesamtvolumen von fünf Millionen Euro an Land gezogen hatte.

Die Reaktion fiel anders als erwartet aus. Lena warf ihm nur einen kurzen Blick zu, beschäftigte sich dann wieder mit der Skizze in ihrer Hand und den Stoffmustern, die Waltraud ihr hinhielt, und sagte nur: »Wenn du dich beeilst, kannst du Natalie vielleicht noch daran hindern, deine CD-Sammlung mitzunehmen.«

Felix verstand kein Wort. »Was soll das heißen?«, fragte er.

»Ich sage nur Hotel. Heute Vormittag.«

Felix' Strahlen verblasste, das breite Lachen fiel in sich zusammen wie ein Ballon, aus dem die Luft gelassen wurde. Hinter seiner Stirn arbeitete es. Wollte Lena ihm etwa sagen, dass Natalie ihn und die Chefeinkäuferin des Großversandhauses heute Morgen aus dem Hotel hatte kommen sehen? Er hatte um diesen Abschluss gekämpft, mit vollem Körpereinsatz sozusagen. Nicht, dass er sich dazu hätte zwingen müssen. Trotzdem war das rein geschäftlich und hatte nichts mit Natalie zu tun.

Keine zwei Minuten später raste Felix in seinem Porsche vom Hof. Die ganze Fahrt über fragte er sich, was mit Natalie nur passiert war. Sie hatte sich in letzter Zeit auf erschreckende Weise verändert, äußerlich wie innerlich. Wo war die Fröhlichkeit geblieben, die er immer so an ihr geliebt hatte? Die Sterne in ihren braunen Augen? Ganz abgesehen davon, dass sie fast nur noch Haut und Knochen war.

Nach rasanter Fahrt erreichte er sein Ziel. Ein Lieferwagen stand vor dem Haus. Felix' Herz setzte einen Schlag lang aus, als er sah, wie Uwe zwei Koffer trug. Natalies Koffer. Die Gefühle für seine Freundin mochten zuletzt zwar etwas erlahmt sein, doch mit anzusehen, wie sie ihn verließ, machte ihn rasend.

Er sprang aus dem Wagen, riss Uwe die Koffer aus der Hand und lief damit nach oben in die Wohnung, wo Natalie gerade all die Bilder abhängte, die sie ausgesucht hatte und damit als ihr Eigentum betrachtete, obwohl sie mit Felix' Geld bezahlt worden waren.

Als Felix die beiden Koffer fallen ließ, fuhr sie erschrocken herum. »Was willst du denn hier?«, fragte sie nach einer Schrecksekunde bissig. »Ich dachte, du wohnst jetzt im Hotel.«

Damit wandte sie sich ab, um weiter zu packen. Felix fasste sie am Arm und hielt sie fest. »Okay, ich hab Scheiße gebaut«, gab er zu. »Aber so, wie du in letzter Zeit drauf bist, ist es zum Teil auch deine Schuld.«

Natalie riss sich los und trat einen Schritt zurück. Ihre Augen funkelten vor Zorn. »Meine Schuld?«, fuhr sie ihn an. »Das ist ja das Letzte! Du betrügst mich nach Strich und Faden und ich bin schuld!«

»Sieh dich doch an«, versetzte Felix. »Das ist doch nicht normal, wie du aussiehst.« In etwas sanfterem Ton fügte er hinzu: »Du bist krank.«

Das wollte Natalie nun gar nicht hören. Sie sollte krank sein? Wieso denn? Weil sie sich bemühte, ihm zu gefallen? Seinen Schönheitsvorstellungen zu entsprechen? Das war ja die Höhe! Wer glaubte er eigentlich, wer er war?

Sie versetzte Felix mit beiden Händen einen so heftigen Stoß gegen die Brust, dass er zwei Schritte nach hinten taumelte und über die beiden Koffer stolperte. Dann nahm sie ihre Koffer und sauste wie ein Wirbelwind aus der Wohnung. Felix hörte nur noch die Tür zuschlagen und den Hall ihrer flinken Schritte im Treppenhaus.

Felix folgte ihr nicht. »Natalie …«, seufzte er nur in hilfloser Trauer und ließ den Kopf auf den Boden sinken. Dann begriff er, dass er dabei war, sie zu verlieren oder sie vielleicht schon verloren hatte. Bilder aus ihren glücklichen Tagen fielen ihm ein. War das alles wirklich vorbei? Nein! Es konnte wieder so werden. Aber nur, wenn sie jetzt nicht für immer wegging.

Felix sprang auf und lief nach unten. Auf der Straße angekommen, sah er nur noch, wie der Lieferwagen davonfuhr.

Lena hatte ihre Besprechung mit Waltraud rasch zu Ende gebracht. Sie musste so schnell wie möglich zu Natalie, um zu retten, was noch zu retten war. Natalie liebte Felix, vielleicht liebte sie ihn viel zu sehr und das war ihr Problem.

Doch es war nicht nur Sorge, die Lena zu ihrer Freundin trieb, es war auch das schlechte Gewissen. Sie hatte Natalie in letzter Zeit zu sehr vernachlässigt. Die Sache mit dem Käsekuchen hatte ihr schlagartig einen seit einiger Zeit gehegten Verdacht bestätigt und gezeigt, wie schwer wiegend Natalies Probleme waren. Sie hatten längst nicht mehr nur mit Felix, sondern vor allem mit ihr selbst zu tun.

Vor der Villa stieß Lena fast mit Birgit zusammen, die gerade zu ihr wollte. Sie hatte mit diesem Detlef Manger gesprochen und er hatte sehr schnell zugegeben, dass er mit Tom unter einer Decke steckte. »Dein kleiner Liebling«, schloss Birgit, »hat den Namen seinem Kumpel zugespielt und wollte uns abkochen.« Sie konnte sich einen sarkastischen Unterton nicht verkneifen.

Ungläubig schüttelte Lena den Kopf. »Nicht Tom.«

»Ich vermute, er hat Mist gebaut und wird erpresst«, erklärte Birgit.

Das wäre immerhin eine Erklärung. Doch es fiel Lena noch immer schwer, daran zu glauben. »Wir reden morgen drüber«, sagte sie nur. »Ich muss unbedingt zu Natalie.« Dann stieg sie in ihr Auto und fuhr davon.

Birgit ließ sich nicht beirren. Sie wollte die Sache sofort klären. Von Waltraud erfuhr sie, dass Tom in Lenas Atelier war. Wunderbar, dachte Birgit, dort können wir uns ungestört unterhalten.

Allerdings war Tom nicht allein. Isabella war bei ihm. Kaum weniger hartnäckig als Birgit, drängte sie darauf, die Wahrheit zu erfahren. Mit allen Mitteln versuchte sie, ihn zum Reden zu bringen, doch nichts klappte. »Wie kann man nur so verstockt sein!«, rief sie schließlich aus. Ihre schwarzen Augen blitzten verärgert.

»Wenn du mir helfen willst, dann gib mir das Geld!«, gab Tom heftig zurück. »Die haben mich gelinkt, Isabella. Zur Polizei kann ich nicht, sonst hänge ich selber mit drin.«

»Interessant«, sagte Birgit da und kam näher. Sie hatte das Gespräch der beiden schon eine Weile belauscht. »Und wo hängst du mit drin?«

Tom wurde zuerst ganz blass, dann lief er feuerrot an.

»Dieser Unglücksrabe«, rief Isabella aus. »Er will einfach nicht reden!«

Birgit wollte Tom die Blöße ersparen und ihn unter vier Augen mit ihrem neuen Wissen konfrontieren. Doch Isabella bestand darauf, bei dem Gespräch dabei zu sein. Toms Mut war so tief gesunken, dass ihm alles recht war.

»Dein Komplize hat alles zugegeben«, sagte Birgit. »Du wolltest uns um fünfundzwanzigtausend Euro erleichtern. Gib es endlich zu.«

Tom schwieg hartnäckig. Vielleicht bluffte Birgit ja nur. Erst als Isabella ihn fassungslos ansah, wurde ihm mulmig. Die Frau, die er liebte, derart zu enttäuschen, erschien ihm unerträglich. Angst, sie zu verlieren, kam in ihm auf. Der Einsatz in diesem Spiel wurde immer höher. Aber es war kein Spiel, war nie eines gewesen. Mit einem Mal begriff er, dass vielleicht alles verloren war. Doch reden konnte er noch immer nicht. Dafür drängten sich Tränen in seine Augen und sosehr er sich zwang, er konnte sie nicht unterdrücken.

»Ich hab Scheiße gebaut«, gab er verzweifelt und wütend zugleich zu, wütend vor allem auf sich und seine Dummheit. »Da komme ich nur wieder raus, wenn ich zahle. Aber jetzt ist sowieso alles aus. Und damit ihr mich nicht mehr rauszuschmeißen braucht, kündige ich hiermit!«

Er wandte sich um und verließ den Raum.

Hilfe suchend sah Isabella Birgit an. Doch die zuckte nur die Schultern. Was sollte sie machen, wo Tom nicht einmal jetzt bereit war, die Karten offen auf den Tisch zu legen? Dabei konnte er von allen Seiten mit Verständnis und Milde rechnen.

Isabella kämpfte mit den Tränen. Egal, was Tom getan, in was er sich verstrickt hatte, sie liebte ihn und sie würde es mit ihm durchstehen. Sie lief ihm nach, um ihm genau das zu sagen.

Obwohl sie kaum Kraft hatte, eilte Lena die Treppe zum Fotostudio hinauf. Auf halbem Weg kam ihr Uwe entgegen. Er erklärte, Natalie sei erstaunlich gut drauf, sie habe sogar Appetit, weshalb er eine Pizza für sie besorge. »Willst du auch eine?«, fragte er. Lena winkte dankend ab.

Von wegen gut drauf! Natalie stand hinter der Hausbar und schüttete sämtliche Reste in einem Glas zusammen. Je schneller das Gemisch betrunken machte, desto besser.

»Willst du auch einen Cocktail?«, rief sie Lena zu. Sie hob das Glas gegen das Licht. »Die Mischung habe ich eben erfunden. Mir fehlt nur noch der richtige Name. Wie findest du *Heartbreaker*? Nein, ich weiß was Besseres: *Silly Natalie*. Das ist es!«

Sie prostete ihrer Freundin zu, doch Lena nahm ihr das Glas aus der Hand. »He, was soll das?«, protestierte Natalie. »Ich brauch jetzt was zu trinken! Wie soll ich sonst …« Plötzlich sank sie in sich zusammen, ihre Überdrehtheit offenbarte sich als das, was sie war: die andere Seite ihrer Verzweiflung. »Weißt du, was Felix gesagt hat?«, fuhr sie, den Tränen nahe, fort. »Dass ich selber schuld bin.«

»Vergiss Felix mal für einen Moment und sag mir, was mit dir los ist«, verlangte Lena. »Du weißt schon, wovon ich rede: von den fünf Stück Käsekuchen, die du in dich reingestopft hast!«

Natalie sah sie nur irritiert an. Sie gab sich den Anschein, als wüsste sie nicht, wovon ihre Freundin redete. Wenn sie wirklich überrascht war, dann nur darüber, dass Lena von ihrem kleinen Laster, wie sie es bei sich nannte, wusste.

Natalie stammelte ein wenig herum, versuchte, die Sache herunterzuspielen. »Ich war eben frustriert. Und da war der Kuchen. Und dann wurde mir schlecht.« Ihre Worte wurden immer leiser, denn plötzlich bemerkte sie das Mitleid in Lenas Augen. Und erst da begriff auch sie, in was sie sich hineinmanövriert hatte und wie ernst die Lage war. »Seit Felix das erste Mal ausgezogen ist«, gestand sie ein. »Ach, Lena, ich … ich …«

Da überkam sie ihr ganzes Elend, es schnürte ihr die Kehle zu. Ihr Kopf sank auf Lenas Schulter. Ihre Freundin legte ihre Arme um sie und streichelte ihr tröstend über den Rücken. Natalie hatte das Gefühl, dass sich in ihr eine Spannung löste und dass sie endlich wieder frei atmen konnte.

Lebenszeichen

Waltraud gelobte, kein schlechtes Wort mehr über die Polizei zu verlieren, diese Engel in Grün. Immerhin hatte sie es eifrigen Beamten zu verdanken, dass sie Bernd Onasch kennen gelernt hatte. Nachdem die Polizisten ihr den Führerschein abgenommen hatten, musste sie mit dem Taxi nach Hause fahren. Und Bernd war ihr Fahrer.

Wie er später gestand, hatte er sich bereits bei der ersten Fahrt in die Geschäftsfrau verliebt. Deshalb hatte er die Taxizentrale umgehend wissen lassen, er werde Waltraud Michel von nun an jeden Tag zur Arbeit fahren und auch wieder abholen. Bis er sich allerdings traute, ihr seine Gefühle zu offenbaren, war einige Zeit verstrichen. Waltraud hatte bemerkt, was mit ihm los war, als er eines Tages vor Nervosität vergaß, das Taxameter anzustellen. Daraufhin hatte sie ihn am Ende der Fahrt in der ihr eigenen beherzten Art umarmt und geküsst. Seitdem waren sie ein Paar.

Doch in den letzten Tagen wirkte Bernd beim Abschied zunehmend bedrückt. Als Waltraud ihn fragte, was er habe, antwortete er nur zögerlich. »Wieso fahren wir nicht bis an die Pforte?« Er gab die Antwort gleich selbst. »Weil du dich für mich schämst.«

»Quatsch«, versetzte Waltraud. »Ich mag nur kein Getratsche in der Firma.«

Bernd glaubte, es besser zu wissen. Waltraud war eine intelligente Frau mit Ansprüchen. Musste da ein Freund, der nur Taxifahrer war und auch sonst nicht viel vorzuweisen hatte, außer seinem Aussehen und einem Faible fürs Kochen, nicht als unter ihrem Niveau gelten?

Waltraud rollte die Augen. »Dann fahr halt vor bis zur Pforte«, sagte sie mürrisch.

»Ne, wenn du nicht willst …«

Sie wandte den Kopf, sah ihn an. »Ich sag doch, du sollst vorfahren.«

»Du sagst das nur mir zuliebe.«

Waltraud atmete tief durch. Dann stieg sie aus. Sie hatte jetzt weder die Zeit noch die Nerven für die Empfindsamkeiten einer Männerseele. »Hol mich heute Abend zur üblichen Zeit ab«, sagte sie nur. »Ich erwarte dich vorne an der Pforte.« Dann schlug sie die Autotür zu und ging.

Während sie den restlichen Weg zur Schranke zurücklegte, überholte sie Uwe Liebers Lieferwagen. Natalie saß auf dem Beifahrersitz. Die hat sich aber ziemlich schnell über ihren untreuen Felix hinweggetröstet, dachte Waltraud. Sie hielt Uwe auch für die entschieden bessere Wahl.

Nachdem die Schranke hochgegangen war, fuhr der Wagen bis zur Villa. Natalie sprang heraus. Die Schwermut vergangener Wochen war von ihr gewichen, sie sprühte vor Elan. »Nun komm schon!«, drängte sie Uwe, der im Wagen sitzen blieb. »Fragen kostet nichts!«

»Ach«, seufzte er nur.

Natalie verzog den Mund und stemmte die Arme in die Seiten. Wenn es etwas gab, das sie an Uwe störte, dann war es seine Angst vor Veränderungen. Was war schon dabei, Lena zu fragen, ob er die Stelle des Computerfachmanns in der Firma haben könne? Seit Toms Kündigung war sie frei. Uwe hatte nicht nur das Zeug dazu, Tom zu ersetzen, er brauchte vor allem einen Job, denn die Einnahmen seiner Fotoagentur sprudelten seit Chris' Weggang nicht gerade üppig.

Da Natalie nicht locker ließ, blieb Uwe nichts anderes übrig, als mitzukommen. »Vergiss deine Bewerbungsunterlagen nicht«, rief sie ihm, schon auf dem Weg zur Villa, über die Schulter zu. Er ging noch einmal zurück zum Wagen und folgte ihr dann mit unterdrücktem Murren.

Sie fanden Lena im früheren Wohnzimmer, das sich rasch in ein Studio verwandelt hatte. Zwischen Schneiderpuppen und Möbeln lagen überall Stoffe und Skizzen herum, ein kreatives Chaos, das die Designerin um sich herum brauchte, damit sie in ihrem Inneren zu Ordnung und Klarheit fand.

Kaum waren die beiden eingetreten, da drückte Lena

ihrer Freundin auch schon eine Stoffprobe in die Hand, mit der sie ihr Problem mit der Fitnesskollektion zu lösen hoffte. Natalie rieb sie zwischen den Fingern. »Nicht schlecht«, sagte sie. »Jedenfalls besser als der letzte Stoff. Wie sieht es mit der Absorption aus?«

»Musst du überprüfen.«

Uwe stand ein wenig unsicher da, vergrub die eine Hand in der Hosentasche, während die andere sich an der Mappe mit seinen Unterlagen festhielt. Er beneidete Lena. Kaum zu glauben, was sie alles erreicht hatte, vor allem in so kurzer Zeit. Und sie war noch längst nicht am Ende. Er hätte sich das nie zugetraut. Wenn sie ihr Privatleben genauso fest in den Griff bekommen hätte wie ihre Karriere, wäre sie vermutlich der glücklichste Mensch auf der Welt gewesen. Apropos …

»Chris hat sich gemeldet«, unterbrach er die Fachsimpelei der beiden. »Schon vorgestern. Aus Dharamsala. Hast du keine Nachricht gekriegt?«

Lena wandte sich zu ihm um, sagte jedoch nichts. Sie hatte ihre E-Mails in den letzten Tagen nicht gecheckt, meist kamen sowieso nur Anfragen, die zu beantworten sie zwischen ihren Übelkeitsanfällen weder die Zeit noch die Kraft hatte. Zu hören, dass Chris sich gemeldet hatte, löste Freude bei ihr aus, aber auch Unsicherheit. Was sollte sie ihm antworten? Durfte sie ihm die Schwangerschaft verschweigen? Irgendwie hatte er ein Recht darauf, es zu erfahren. Andererseits: Was sie jetzt am allerwenigsten gebrauchen konnte, war ein werdender Vater, der in hilfloser Besorgtheit um sie herumwieselte und ihr mit ständigen Ermahnungen, sie dürfe sich nicht überanstrengen, auf die Nerven ging.

»Uwe wollte dich etwas fragen«, sagte Natalie nun. »Seit Chris weg ist, läuft seine Agentur nicht mehr so gut. Dafür kennt er sich mit Computern aus, er ist ein richtiger Spezialist. Und da Tom uns verlassen hat, dachte ich, Uwe wäre genau der richtige Mann für den Job.«

Mit Gesten und Blicken forderte sie ihn auf, endlich auch etwas zu sagen. Doch er trat nur unsicher von einem Bein auf das andere und meinte: »Du musst dich zu nichts verpflichtet fühlen, nur weil ich Chris' Freund bin ...«

Lena lächelte. »Das tue ich ganz bestimmt nicht. Dafür ist die Stelle zu wichtig für uns.«

»Nun gib ihr schon deine Bewerbungsunterlagen«, forderte Natalie ihn auf und wandte sich dann an Lena: »Abitur, Hochschule für Gestaltung Würzburg, Werbeagentur Jonas & Brettschneider in Düsseldorf ...«

»Ist ja gut«, bremste Lena den Eifer ihrer Freundin. »Wieso zeigst du ihm nicht alles? Wenn Birgit nichts dagegen hat, kann er meinetwegen anfangen.«

»Super!«, rief Natalie aus, drückte Lena an sich und küsste sie. Dann zog sie Uwe, dessen Freude sich sehr viel verhaltener zeigte, mit sich nach draußen.

Kaum waren die beiden fort, da setzte Lena sich an ihren Laptop und rief ihre E-Mails auf. Tatsächlich, es war auch eine Nachricht von Chris darunter. »*Hallo Lena*, las sie. *Verzeih, dass ich mich erst jetzt melde, aber wir sind eben erst aus Tibet zurückgekommen und ich hatte einfach noch keine Zeit. Wenn ich geahnt hätte, dass du in anderen Umständen bist ...*«

Weiter las Lena nicht. Woher wusste Chris von ihrer Schwangerschaft? Sie spürte, wie Wut in ihr hochstieg. Eigentlich kam nur eine Person in Frage, die so anmaßend sein konnte, auch noch das Privatleben anderer Leute managen zu wollen: Waltraud.

Lena sprang auf, ohne die Nachricht zu Ende zu lesen. Zornig lief sie auf und ab. Was sollte sie jetzt tun? Jedenfalls würde sie Waltraud das nicht durchgehen lassen. Ein Schwindelgefühl überkam sie, sie hielt sich an einer Stuhllehne fest und rang die Übelkeit nieder. Als sie sich wieder im Griff hatte, verließ sie die Villa.

Vor dem Eingang zur *Fashion Factory* traf sie Felix, der eben Natalie und Uwe begegnet war. Natürlich hatte seine Exfreundin ihm genüsslich unter die Nase gerieben, dass Uwe schon bald hier arbeiten würde. Felix war vor Wut sprachlos gewesen, was bei dem sonst so eloquenten Verkaufsleiter nur äußerst selten vorkam. Umso wortreicher bedrängte er nun Lena. »Du willst doch nicht ernsthaft diesem Neandertaler Toms Job geben«, rief er aufgebracht.

Lena schüttelte genervt den Kopf und ließ ihn stehen. Doch so leicht ließ Felix sich nicht abwimmeln. Auf der Treppe hatte er sie schon wieder eingeholt. »Du kannst mir das nicht antun«, beschwor er sie. »Soll ich diesem Typen jeden Tag in der Kantine begegnen?«

»Als ob du jemals in der Kantine essen würdest«, versetzte Lena. »Außerdem ist es ganz allein deine Schuld, dass Natalie dich verlassen hat.«

»Wie redest du mit mir!«, rief Felix empört aus.

65

Erst jetzt blieb sie stehen und sah ihn an. Langsam hatte sie genug von Felix' anmaßendem Verhalten und seiner Selbstgefälligkeit. »Gewöhn dich endlich an den Gedanken, dass du nicht mehr der Juniorchef bist«, belehrte sie ihn, »nicht einmal der Personalchef. Du bist Verkaufsleiter. Und zwar einer, der seine Freundin ziemlich fies behandelt hat.«

Mit offenem Mund stand Felix da. Was glaubte die eigentlich, wer sie war? Galten seine früheren Verdienste gar nichts mehr? Hatte er ihr nicht immer die Stange gehalten, als noch alle gegen sie gewesen waren? Das war also der Dank. Aber so redete niemand ungestraft mit ihm, nicht einmal eine Lena Czerni, der der Ruhm offenbar zu Kopf gestiegen war. Sie würde schon sehen, was sie davon hatte.

Während Lena, nun nicht mehr von Felix bedrängt, die Treppe hinauflief, überkam sie ein schlechtes Gewissen. Hatte sie nicht ihre Wut auf Waltraud an Felix ausgelassen? Andererseits schadete es ihm nicht, wenn ihm einer mal den Kopf geraderückte, so wie er sich in letzter Zeit aufführte.

Nur eine Minute später platzte sie in Waltrauds Büro. Die Assistentin tippte gerade einen Brief in ihren Computer. Als Lena die Tür zuknallen ließ, fuhr sie zuerst erschrocken zusammen und wandte sich dann um.

»Wie kommst du dazu, gegen meinen ausdrücklichen Wunsch und hinter meinem Rücken Chris zu verständigen!«, fuhr Lena sie an. Zum ersten Mal seit langem war wieder etwas Röte auf ihren Wangen, aus ihren Augen sprühten Funken.

»Dann hat er sich also gemeldet?«, fragte Waltraud

erfreut. Lenas Auftritt schien sie nicht im Geringsten zu beeindrucken, was diese noch mehr aufbrachte.

»Du findest das wohl in Ordnung«, rief sie. »Bin ich hier der Idiot vom Dienst? Jeder meckert nur an mir rum, keiner tut, was ich sage.«

»Also, das stimmt so nicht«, widersprach Waltraud. »Ich respektiere deine Entscheidungen, zumindest die, die ich verstehe. Ich verstehe allerdings nicht, warum du den Vater deines Kindes, der zufällig auch der Mann ist, den du liebst, durch die Welt reisen lässt, obwohl du ihn hier so dringend brauchst.«

Lena presste die Lippen zusammen. Für Waltrauds Ironie hatte sie jetzt nichts übrig. Die Furche zwischen ihren Brauen wurde immer tiefer. »Woher willst du wissen, dass ich mich so nicht viel wohler fühle? Dass ich ganz froh bin, Chris nicht auch noch um mich zu haben und all die Probleme, die daraus entstünden? Ich kann dich beruhigen. Ich liege nicht die Nächte wach und heule mein Kissen nass.«

Nun bröckelte Waltrauds Selbstsicherheit doch ein wenig. War sie wirklich über das Ziel hinausgeschossen? Hatte sie Lenas Situation falsch eingeschätzt? Sie räusperte sich, sagte dann etwas weniger auftrumpfend als zuvor: »Hand aufs Herz: Wenn die Tür aufginge und Chris stünde da, dann wäre alles, was du eben gesagt hast, hinfällig, oder?«

Lena kam nicht dazu zu antworten, denn in diesem Augenblick ging wirklich die Tür auf. Doch nicht Chris, sondern August Meyerbeer stand im Raum. Die beiden Frauen starrten ihn an wie einen Geist. Irritiert schaute er an sich herab. »Stimmt was nicht?«, fragte er, wartete aber nicht auf eine Antwort, sondern kam sogleich auf Lena zu. »Schön, dass ich Sie mal treffe. Ist ja nicht gerade leicht.«

Lena lächelte verlegen. Sie hatte in der letzten Zeit tatsächlich das Telefon nicht abgenommen. Wie hätte sie sonst die neue Kollektion fertig bekommen sollen?

»Vor der Fertigstellung einer Kollektion geht es bei uns immer drunter und drüber«, sagte Waltraud eilig und konnte sich dabei eine kleine Spitze nicht verkneifen: »Das ist nicht wie Bier in Flaschen abfüllen.«

Meyerbeer winkte ab. »Wann immer hier was schief geht oder verschlampt wird, heißt es, *Althofer* und Mode, das sei alles etwas Besonderes. Mit Verlaub: Ich halte das für eine Ausrede.« Er nahm die beiden Frauen nacheinander streng in den Blick. Dann hellte sich seine Miene schlagartig auf. »Nach diesen markigen Worten darf ich zum angenehmen Teil meines Besuches kommen.« Er wandte sich an Lena. »Hedda und ich möchten Sie zum Abendessen bitten. Zwanzig Uhr.« Es klang wenig wie eine Einladung, mehr wie ein Abkommandieren.

»Ich kann aber nicht, Herr Meyerbeer«, wandte Lena ein. Schon bei dem Gedanken an ein Abendessen wurde ihr schlecht, hatte sie doch in letzter Zeit nichts außer Knäckebrot und Kamillentee bei sich behalten können.

Meyerbeer zog die Brauen hoch. »Da wird unser neuer kaufmännischer Leiter aber enttäuscht sein«, sagte er.

Überrascht sahen die beiden Frauen sich an. Neuer kaufmännischer Leiter? Was hatte das schon wieder zu bedeuten? Meyerbeer steckte voller Überraschungen. Leider konnten die wenigsten als gelungen gelten.

»Wilfried Holzknecht«, erklärte er nun mit überlegener Miene, die keinen Zweifel daran ließ, dass er das Ganze für einen Schachzug erster Güte hielt. »Er war in der Brauerei meine linke *und* meine rechte Hand.« Lena wollte etwas einwenden, doch Meyerbeer streckte ihr die Hand entgegen und brachte sie so zum Schweigen. »Er hat auch Bezug zu Stoffen. Sein Vater besitzt eine Weberei und dort hat er gelernt. Sie sollten ihn sich also ansehen.«

Wie konnte Lena da noch widersprechen? Ganz abgesehen davon, dass Meyerbeer ihr gar keine Zeit dazu ließ, denn er fuhr auf dem Absatz herum, ließ einen Abschiedsgruß hören und verschwand. Schweigend sahen die beiden Frauen ihm nach.

»Zu unserem Gespräch von vorhin«, brach Waltraud das Schweigen, »du hast ja Recht. Ich bin über das Ziel hinausgeschossen. Aber Bernd sagt immer, man soll tun, was das Herz einem sagt.«

»Bernd?«, fragte Lena erstaunt. Seit wann gab es einen Mann in Waltrauds Leben?

Waltraud winkte ab. »Du wirst ihn kennen lernen«, versprach sie. »Er hat einen tollen Körper und ist fantastisch im Bett. Und in der Küche würde sogar ein Bocuse gegen ihn alt aussehen. Ansonsten gibt es in seinem Hirn leider nur sein Taxi und die Bundesliga. Aber ein großes Herz hat er und ein liebes noch dazu.« Waltraud merkte, wie sie in Sentimentalitäten abglitt. »Ich rede Unsinn«, sagte sie errötend und wandte sich wieder ihrer Arbeit zu.

»Ganz und gar nicht«, entgegnete Lena. Dieser Bernd hatte Recht. Man musste dem Herz folgen. Nur – was wollte ihr Herz? Sie wusste es nicht.

Nachdenklich kehrte Lena in die Villa zurück. Sie versuchte zu arbeiten, doch sie konnte sich nicht konzentrieren. Sie betrachtete den Entwurf eines Umstandskleides, den sie vor ein paar Tagen aus einer Laune heraus skizziert hatte, legte das Papier aber sofort wieder zur Seite. Schließlich setzte sie sich vor den Laptop, auf dem noch immer Chris' E-Mail zu sehen war, und las dort weiter, wo sie vorhin abgebrochen hatte.

»Wenn ich gewusst hätte, dass du in anderen Umständen bist, hätte ich diesen Wahnsinn natürlich sofort abgeblasen! Warum hast du nichts gesagt, Lena? Oder hast du es selbst nicht gewusst? Ein Kind ändert doch alles! Also melde dich! Ich bin noch zwei Tage hier, weil wir auf das Flugzeug nach Dharamsala warten müssen. Ich liebe dich! Chris.«

Lena schaute auf. Ihr Blick verlor sich im Ungefähren. »Ein Kind ändert alles«, wiederholte sie flüsternd. Stimmte das denn? Auf jeden Fall würde alles komplizierter werden. Dabei sorgte sie sich weniger um ihre berufliche Zukunft, denn sie würde sich dann eben auf die kreative Arbeit beschränken, für die sie wirklich unerlässlich war, und alles andere delegieren. Doch wie stand es um sie und Chris? Würde das Kind nicht neue Unsicherheiten schaffen, ohne die alten zu beseitigen?

Seufzend erhob sie sich und versuchte, wieder zu arbeiten. Auch diesmal mit wenig Erfolg. Ihre Gedanken drehten sich im Kreis, sie konnte nichts dagegen tun.

Nach einer Weile hörte Lena ein Auto vorfahren. Sie trat ans Fenster und erblickte Birgit mit ihrem Vater. Er hatte sie vermutlich vom Flughafen abgeholt. Sie war geschäftlich in … Auch nach angestrengtem Nachdenken konnte Lena sich nicht daran erinnern, wo Birgit gewesen war. Angst beschlich sie, sie könne allmählich den Überblick verlieren, weil sie viel zu sehr mit sich selbst beschäftigt war.

Keine Minute später hörte Lena Birgits eilige Schritte auf der Treppe und nun stand sie, ein paar Tüten in der Hand, mitten im Raum, strahlend vor Freude und die Augen so weit offen, dass man meinen konnte, sie wolle Lena damit verschlingen. Sie nahm Lena in den Arm, küsste sie auf beide Wangen. Seit sie von der Schwangerschaft wusste, war Birgit von einer Herzlichkeit, die Lena manchmal unheimlich war.

»Hier«, sagte sie, griff in ihre Tüte und präsentierte ein paar alte Modejournale, »hab ich dir aus Paris mitgebracht.«

Paris, dachte Lena, das war es. Dann nahm sie die Modehefte. Sie stammten aus den dreißiger Jahren, wie sie sogleich erkannte. Um so etwas zu finden, musste man lange suchen. Lena sah Birgit überrascht und erfreut an. Sie hatte nur einmal ganz beiläufig erwähnt, dass sie sich für die Pariser Mode aus dieser Zeit interessierte.

»Ich hab sehr viel an dich gedacht in Paris«, sagte Birgit, zufrieden über die Freude, die sie in Lenas Gesicht las. »Deshalb wollte ich dir etwas ganz Persönliches mitbringen. Ich hoffe, du denkst manchmal an mich, wenn du sie durchblätterst.«

Dankbar nahm Lena Birgit in den Arm und küsste sie. Sie war so ziemlich die Einzige, die ihr in letzter Zeit Freude bereitet hatte. »Ich werde sogar sehr viel öfter an dich denken«, sagte sie.

Birgit errötete. Ihr Herz schlug bis zum Hals. Ein Glücksgefühl kam über sie, das sie in letzter Zeit stets empfand, wenn sie in Lenas Nähe war und sie mit solchen Zuwendungen bedachte. In Paris war sie sich bewusst geworden, wie sehr sie sich nach diesen kleinen, freundschaftlichen Zärtlichkeiten sehnte. Deshalb hatte sie ein ganz besonderes Geschenk mitbringen wollen.

Aus Angst, ihre Gefühle könnten allzu deutlich in ihrem Gesicht zu lesen sein, wandte Birgit sich ab. Dabei fiel ihr Blick auf die Skizze des Umstandskleides. Sie hob sie auf und betrachtete sie. Doch im nächsten Moment nahm Lena ihr das Blatt aus der Hand und zerriss es. Verständnislos sah Birgit sie an. »Was hast du denn? Ich fand es sehr chic.«

»Darum geht es doch gar nicht«, versetzte Lena. »Mir gefällt die ganze Einstellung, die dahintersteckt, nicht. Wieso muss eine Frau kaschieren, dass sie schwanger ist? Wieso müssen wir immer nett und niedlich aussehen?«

»Ach so«, sagte Birgit erleichtert. Sie hatte zuerst geglaubt, Lena reagiere so heftig, weil sie mit ihrer Schwangerschaft nicht klarkomme. Doch es steckte nur die übliche Eigensinnigkeit dahinter.

»Hat dein Vater dir schon von dem Essen heute Abend erzählt?«, fragte Lena nun. Sie machte ein Gesicht, als ob sie zu ihrer eigenen Hinrichtung eingeladen wäre. »Ich hab keine Ahnung, wie ich den Abend überstehen soll.«

Birgit konnte sich ein kurzes Auflachen nicht verkneifen. Dann nahm sie tröstend Lenas Hand. »Du Ärmste«, sagte sie, während ihr eigener Puls sich beschleunigte.

Kurze Zeit später verließen die beiden Frauen die Villa, um in der *Fashion Factory* nach dem Rechten zu sehen. Auf dem Hof sahen sie, wie Tom und Isabella auf den Parkplatz fuhren. Während Birgit alleine weiterging, lief Lena zu den beiden. Sie wollte endlich wissen, was Tom dazu getrieben hatte, die Firma um fünfundzwanzigtausend Euro zu erleichtern.

Tom wagte kaum, Lena anzusehen und druckste lange nur herum, ehe er sich entschuldigte. Mehr brachte er nicht heraus. Am liebsten wäre er vor Scham im Boden versunken. Lena hatte ihm eine Chance gegeben und er hatte sie enttäuscht. Schließlich riss Isabella der Geduldsfaden und sie erzählte Lena, warum Tom so viel Geld brauchte.

»Tom ist von einem Kumpel aus seiner wilden Vergangenheit reingelegt worden«, erklärte sie. »Er hat ihm fünfundzwanzigtausend Euro versprochen, wenn er ein Kilo Kokain von Spanien nach Deutschland schmuggeln würde. Es war aber nur Mehl. Später hat er behauptet, Tom hätte das Kokain ausgetauscht und wollte das Geld von ihm.«

Nun erzählte Tom selbst. »Zur Polizei konnte ich nicht gehen und zahlen konnte ich auch nicht. Deshalb hab ich versucht, das Geld auf andere Weise aufzutreiben.«

Lena seufzte. Obwohl Toms versuchter Betrug sie tief enttäuscht, ja schockiert hatte, war sie ihm nicht mehr böse. Er tat ihr vielmehr Leid. »Und was jetzt?«, fragte sie.

»Wir gehen nach Portugal zu meinem Großvater«, sagte Isabella.

»Du gehst auch?«

Bedrückt nickte Isabella. Eigentlich wäre sie lieber geblieben. Doch es gab keinen anderen Ausweg. »Hier kann Tom nicht bleiben«, sagte sie, »weil ich mein Geld nicht irgendwelchen Kriminellen in den Rachen werfen will, um ihn freizukaufen. Da baue ich mir schon lieber in Portugal eine neue Existenz mit ihm auf. Und bei Großvater sind wir erst einmal sicher.«

Lena und Isabella fiel der Abschied nicht leicht. Tränen traten in ihre Augen, als sie sich umarmten. Sie wollten sich gar nicht mehr loslassen. Mit betretener Miene stand Tom daneben. Die Last auf seinem Gewissen wurde durch den bewegenden Abschied nur noch größer.

»Mach das nicht kaputt«, sagte Lena über Isabellas Schulter hinweg zu ihm. »Eine Frau wie Isabella findest du so schnell nicht wieder.«

Tom nickte. »Und eine Chefin wie dich auch nicht«, fügte er mit belegter Stimme hinzu.

Schließlich nahm Lena auch ihn in den Arm. Diese freundschaftliche Geste weckte Hoffnungen in ihm. »Dann ist alles wieder gut?«, fragte er.

Lena nickte und lächelte.

Nach seinem Zwist mit Lena hatte Felix ärgerlich die Firma verlassen und war schnurstracks in die Cocktailbar in der Stadt gefahren, wo er mit Dieter Lausitz zu einem Gespräch verabredet war. Da er etwas zu früh dran war, blieb Zeit, vorher einen Gin Tonic zu nehmen. Der Alkohol dämpfte seinen Kummer und brachte ihn zu jener Leichtigkeit zurück, für die er bekannt war und die ihn sogleich zu einem Flirt mit zwei hübschen jungen Damen an der Bar beflügelte. Doch die Kränkung in seinem Innern blieb. Sie beseitigte letzte Zweifel und Skrupel und gab Felix das Gefühl, das Richtige zu tun, wenn er nur seinen eigenen Vorteil suchte und sich um das Schicksal anderer nicht viel kümmerte.

Dr. Lausitz kam mit einiger Verspätung. Sogleich zogen sich die beiden Männer an einen Ecktisch im hinteren Teil der Bar zurück, wo sie ungestört reden konnten. Felix holte ein paar Papiere aus seiner Aktentasche und reichte sie über den Tisch. Neugierig nahm Lausitz sie entgegen und las.

Es handelte sich um das Protokoll der letzten Sitzung des Aufsichtsrates. Darin wurde festgehalten, dass *Althofer* mit zwanzig Millionen Euro zu bewerten sei, was zu einer Million Anteile im Wert von zwanzig Euro führte. Da einundfünfzig Prozent in den Händen der Firma verbleiben würden, gingen vierhundertneunzigtausend an die Börse.

Ein Lächeln trat auf Dr. Lausitz' Gesicht. Er schob sich das strähnige Haar aus der Stirn und sah Felix an. Über Beträge wie diese lohnte es sich zu sprechen, denn dabei fiel für ihn eine saftige Provision ab.

»Ich will so viele Anteile wie möglich«, sagte Felix mit großer Entschlossenheit, »und zwar zum Ausgabekurs.«

»Sie müssen sich Ihrer Sache ziemlich sicher sein«, entgegnete Lausitz.

Felix war Feuer und Flamme. »Der Kurs wird abgehen wie eine Rakete. So, wie die Auftragslage derzeit aussieht, wird Lena am Jahresende eine Dividende von einem Euro pro Aktie ausschütten können.« Lausitz wog angesichts dieser optimistischen Schätzung zweifelnd den Kopf. Er kam aber nicht dazu, einen Einwand zu äußern, denn Felix schob mit einem maliziösen Lächeln auf den Lippen nach: »So wie es aussieht, habe ich gesagt.«

Da nickte Lausitz. Er fing an zu begreifen.

»Ich glaube, dass nach dem ersten Quartal eine Korrektur der Gewinnerwartung erfolgen wird – nach unten, versteht sich. Aber dann bin ich längst raus aus dem Papier.«

»Und zu einem niedrigeren Kurs steigen Sie wieder ein. Eine Jo-Jo-Strategie.«

»Sie haben es erfasst.«

Lausitz blickte Felix skeptisch an. So richtig verstehen konnte er die Wandlung nicht, die mit dem Mann vorgegangen war. Hatte er nicht früher mit allen Mitteln um den Erhalt der Firma und für Lena Czernis Aufstieg gekämpft? Plötzlich schien ihn all das nicht mehr zu interessieren, sondern nur noch sein eigener Profit.

»Sie wissen vermutlich, dass derartige Praktiken Ihre Firma in den Ruin treiben können«, merkte er an.

Felix' Miene verhärtete sich. »*Althofer* ist nicht mehr meine Firma. Ich bin nur noch Verkaufsleiter, wie man mir heute wieder zu verstehen gab.«

Erst jetzt verstand Lausitz. Gekränkte Eitelkeit. Er war beinahe ein wenig enttäuscht. Wieso brauchten die Menschen immer ein besonderes Motiv für derlei Intrigen? Wieso genügte ihnen nicht die simple Gier, wie es bei ihm selbst der Fall war? Er jedenfalls arbeitete am liebsten mit gierigen Menschen zusammen, denn bei denen war man am sichersten vor unliebsamen Überraschungen.

Nachdem der Handel besiegelt war, machte Felix sich sofort auf den Weg. Er wollte das Risiko, mit Lausitz gesehen zu werden, so gering wie möglich halten. Auch Lausitz war froh, als die Besprechung endlich zu Ende war, denn eine andere Sache brannte ihm noch viel mehr unter den Nägeln.

Dieter Lausitz hatte Silke noch immer nicht vergessen. Auf seine Weise war er ebenso vernarrt in sie, wie Roland es gewesen war, nur dass er sich ihretwegen nicht ruiniert hätte. Das war ihm keine Frau wert. Er nahm ein Taxi und fuhr zu ihrer Wohnung, um ihr einen Überraschungsbesuch abzustatten. Doch er traf sie nicht an. Ein Nachbar verriet ihm, dass sie eine Arbeit als Pflegerin im Krankenhaus angenommen hatte.

Das Taxi mit Lausitz im Fond fuhr genau zur rechten Zeit auf den Parkplatz der Klinik. Silke hatte ihre Schicht beendet und ging zu ihrem Wagen. Das Taxi hatte kaum angehalten, da riss Lausitz schon die Autotür auf und rief ihren Namen.

Silke blickte sich um und erschrak. Dieter Lausitz war

der Letzte, den sie jetzt sehen wollte. Sie beschleunigte ihre Schritte. Kurz bevor sie ihr Auto erreichte, holte er sie ein und hielt sie fest.

»Was willst du?«, fuhr sie ihn an. Ihre dunklen Augen funkelten aggressiv, mit einer hastigen Bewegung strich sie eine Strähne ihres Haares aus dem Gesicht.

»Ich hatte in Augsburg zu tun und da wollte ich mal vorbeischauen«, sagte er und ließ einen schmierigen Blick über ihren Körper laufen. »Es hat sich wie immer gelohnt.«

Silke schüttelte sich. Ihr war, als habe sie Ungeziefer auf der Haut. Sie wandte sich ab, um ihren Wagen aufzuschließen. »Die Frau, die du suchst, gibt es nicht mehr«, sagte sie. »Also lass mich in Frieden.«

Sie öffnete die Autotür und warf ihre Tasche auf den Beifahrersitz. Als sie einsteigen wollte, packte Lausitz sie am Arm und hielt sie zurück. Sie sahen sich in die Augen. »Du fehlst mir«, sagte Lausitz schließlich. »Ich muss erst Montag wieder in Frankfurt sein. Wir könnten –«

»Nein!«, rief Silke heftig und riss sich los. Von ihm berührt zu werden, erzeugte ein Ekelgefühl in ihr. Er stand für ihr altes Leben, das sie hinter sich gelassen hatte.

»Du musst es ja nicht umsonst machen«, lächelte Lausitz.

»Wie oft soll ich es dir noch sagen«, schrie Silke ihn an. »Ich bin nicht mehr zu haben. Also verschwinde!«

Sie stieg in den Wagen und wollte die Tür schließen, als Lausitz sagte: »Du willst nicht wissen, wo Roland ist? Dann eben nicht.« Damit wandte er sich um und

78

ging auf sein Taxi zu. Doch er kam nicht weit. Silke war ausgestiegen und ihm nachgeeilt. Nun war sie es, die ihn festhielt. »Du weißt, wo Roland ist?«, stieß sie aus.

Lausitz sah sie herablassend an. »Hat mich ein bisschen was gekostet«, sagte er. »Aber zumindest weiß ich, wo er zum letzten Mal mit seiner Kreditkarte bezahlt hat.«

»Wo? Bitte, Dieter! Du musst es mir sagen!« Ihr Ton war längst nicht mehr aggressiv oder fordernd, in ihren Augen lag ein Flehen. Lausitz genoss das Gefühl, sie in der Hand zu haben. Gab es etwas Schöneres als Macht?

»Was hältst du davon, wenn ich mein Taxi wegschicke und du nimmst mich mit zu dir?«, sagte er grinsend. »Dann können wir es uns gemütlich machen und über alles reden.«

Silke hatte Tränen in den Augen. »Warum tust du das, Dieter?«, fragte sie. Es war fast ein Schluchzen. »Bist du tatsächlich so ein erbärmliches Schwein, dass du mich wieder runterziehen willst in den Dreck?«

Lausitz war betroffen von ihrer Verzweiflung. Erst jetzt bemerkte er, dass sie sich wirklich verändert hatte. Nicht zum Besseren, wie er fand. Die kalte, berechnende Frau war ihm lieber gewesen als dieses heulende Bündel, das einer Witzfigur wie Roland Althofer nachtrauerte.

»Na, es ist wirklich keine Freude ansehen zu müssen, wie eine Klassefrau wie du sich an so einen verschwendet. Mach, was du willst.« Er griff in die Innentasche seines Sakkos und reichte ihr einen Zettel. »Das ist sein Kreditkartenauszug vom letzten Monat.«

Hastig griff Silke nach dem Papier. Hagios Johannis, las sie. Hörte sich griechisch an. Sie atmete auf. Endlich eine Spur von Roland. Sie hatte schon fast nicht mehr daran geglaubt.

»Warum er?«, fragte Lausitz. »Warum nicht ich?«

Silke blickte auf und sah ihn an, als habe sie ganz vergessen, dass er noch immer vor ihr stand. »Du brauchst niemanden«, erklärte sie.

»Du doch auch nicht«, versetzte er. »Deshalb verstehen wir uns ja so gut.«

»Zu gut.«

Zu seiner Überraschung hauchte sie ihm einen Kuss auf die Wange, bedankte sich und kehrte dann zu ihrem Wagen zurück. Lausitz stieg wieder in sein Taxi. Er drehte sich nicht einmal mehr nach Silke um.

Nach Feierabend holte Birgit Lena in der Firma ab, um gemeinsam zum Haus ihres Vaters zu fahren. Lena war ziemlich aufgeregt. Nicht wegen des neuen kaufmännischen Leiters, den sie kennen lernen sollte, und auch nicht wegen August Meyerbeers oft raubauziger Art. Sie fürchtete Heddas Königinpastetchen mit Wildragout, die, wie sie erfahren hatte, auf dem Speiseplan standen. Keinen Bissen würde sie davon runterkriegen. Schon der Gedanke daran verursachte ihr Übelkeit. Sie hatte keine Ahnung, wie sie sich aus der Affäre ziehen konnte.

Während der Fahrt tauschten die beiden Frauen Neuigkeiten aus. Birgit erzählte von ihren Erlebnissen in Paris, Lena von ihrem Streit mit Waltraud und dass Chris nun über die Schwangerschaft Bescheid wisse.

»Ich beneide dich, Lena«, sagte Birgit, als sie in die Seitenstraße, in der das Haus ihres Vaters lag, einbog.

Lena wandte erstaunt den Kopf. »Du beneidest mich?«, fragte sie. »Was könnte ich haben, worum du mich beneidest?«

»Dein Talent. Deine Leidenschaft.«

Lena wusste nicht, was sie erwidern sollte. Verlegen wandte sie den Kopf und schaute aus dem Fenster.

Sie hatten das Haus erreicht, Birgit parkte den Wagen. Ehe sie ausstiegen, bat Lena noch rasch um ein paar Informationen über Dr. Holzknecht, um nicht unvorbereitet in das Gespräch zu gehen.

Zuvor hatte sie von Fertigungsleiter Paul Wieland schon gehört, dass dem Mann der Ruf eines gnadenlosen Schleifers vorauseilte. Birgit hatte während ihrer Zeit in der väterlichen Brauerei mit ihm zusammengearbeitet und wusste sicher mehr. »Er ist kein Mann zum Verlieben«, sagte sie, »ein Arbeitstier, ungemein beschlagen und durchsetzungsfähig.«

»Glaubst du, ich kann mit ihm? Und er mit mir?«

»Man muss nicht jeden mögen, mit dem man zusammenarbeitet«, antwortete Birgit. »Dr. Holzknecht ist gewöhnungsbedürftig, aber er ist kein Unmensch. Hör endlich auf, deine Geschäfts- und Arbeitsbeziehungen wie Privatbeziehungen zu betrachten. Die Erfahrung mit Tom sollte dich gelehrt haben, dass das nicht vor unliebsamen Überraschungen schützt.«

Die beiden Frauen gingen zum Haus. Ehe Birgit die Haustür aufschloss, hielt Lena sie noch einmal zurück. »Eins musst du mir versprechen«, bat sie. »Wenn mir

81

schlecht wird, lässt du dir eine Ausrede einfallen und bringst mich nach Hause.«

Birgit lächelte. »Versprochen.«

Lena hielt die Luft an, als sie ins Haus traten.

Umhüllt vom Duft des Wildragouts kam Hedda aus der Küche. Die Begrüßung fiel kurz aus, da sie alle Hände voll zu tun hatte. Bis es mit dem Essen so weit sei, sagte sie, könne man im Wohnzimmer Cocktails zu sich nehmen. August, Wilhelm und Dr. Holzknecht seien schon da. Eine gute Gelegenheit, den Neuen in näheren Augenschein zu nehmen, fand Lena.

Als die beiden Frauen ins Zimmer kamen, brach das Gespräch der Männer über die geschmacklichen Vorzüge diverser alkoholischer Getränke ab, das vor allem August und Wilhelm engagiert geführt hatten, während Dr. Holzknecht den aufmerksamen Zuhörer gegeben hatte. Nun wandten sich alle den Damen zu. Wilfried Holzknecht sah Lena mit einem ebenso interessierten und abschätzenden Blick an wie sie ihn.

Birgit hatte Recht gehabt. Eine Schönheit war er nicht. Das Gesicht war nicht gerade fein geschnitten und er war schon reichlich füllig um die Leibesmitte. Dabei war er höchstens vierzig. Sein Blick verriet nicht, wie sein erster Eindruck von Lena war. »Wilfried Holzknecht«, stellte er sich vor und streckte ihr seine Hand entgegen. »Ich habe viel von Ihnen gehört.«

»Ich auch von Ihnen«, entgegnete Lena. »Leider nicht nur Gutes.«

Das schlug ein wie eine Handgranate. Dr. Holzknecht ließ sich nichts anmerken, dafür schauten Wilhelm und Birgit ein wenig überrascht.

Nur August Meyerbeer fand spontan Gefallen an Lenas Offenheit. Er klopfte Dr. Holzknecht auf die Schulter und fügte lachend hinzu: »Volltreffer! Ich hab dich vor ihr gewarnt.«

»Das Kompliment kann ich zurückgeben«, entgegnete Holzknecht mit kleiner Verzögerung. »Auch Ihr Image ist keineswegs makellos.«

Wilhelm ertrug die Spannung, die sich zwischen den beiden aufgebaut hatte, nicht länger, trat zwischen sie und wollte eine Eskalation schon im Keime ersticken. Doch Lena fiel ihm ins Wort. »Wieso sollten wir nicht reden? Wir sind doch nicht hier, weil wir zu Hause nichts zu essen bekommen, sondern um festzustellen, ob Herr Dr. Holzknecht der richtige Mann für uns und wir die richtige Firma für ihn sind.«

Das selbstbewusste Auftreten Lenas verunsicherte Wilfried Holzknecht. Er kannte den Ruf, der ihm vorauseilte. Und er genoss ihn nicht nur, er war sogar Teil seines Konzeptes. Nicht geliebt, sondern respektiert wollte er sein. Seine Angestellten sollten wissen, dass es bei ihm keine Zugeständnisse und keine Ausnahmen gab. Wer nicht im Gleichschritt marschierte, fand sich schnell auf der Straße wieder.

Nachdem Holzknecht sich Hilfe suchend nach August Meyerbeer umgesehen hatte, von dort aber keine Reaktion kam, fasste er sich und entschied sich ebenfalls für die harte Gangart und das hieß: klare Worte. »Wie ich es sehe, sind Sie, Frau Czerni, die Firma«, sagte er in sachlichem Ton. Nur das Flackern in seinen Augen ließ etwas von Gereiztheit ahnen. »Wenn Sie gehen, ist die Firma wertlos.«

»Also, ich muss doch sehr bitten!«, mischte sich Wilhelm ein. »*Althofer* ist immer was wert.«

»*Althofer* produziert fast nur noch für die *Czerni Fashion Factory*«, stellte Dr. Holzknecht richtig.

August Meyerbeer klopfte Wilhelm tröstend auf die Schulter, doch es war auch eine Spur Schadenfreude, ja Spott aus seinen Worten zu hören, als er sagte: »Gesteh es dir ruhig ein, altes Haus. Die Frau hat euch das Fell über die Ohren gezogen. Aber wenn es sie nicht gäbe, gäbe es euch schon lange nicht mehr.«

Schmollend zog Wilhelm sich zurück und leerte den letzten Rest Kognak aus seinem Glas.

»Allerdings ist diese Entwicklung viel zu schnell gegangen«, setzte Holzknecht wieder ein. »Bevor die fusionierte Firma an die Börse geht, rate ich dringend zu einer Verschnaufpause.«

Überraschend pflichtete ihm Lena bei. »Leider stehe ich damit ziemlich alleine da.«

Holzknecht sah sie erstaunt an. Nach der Breitseite zu Beginn, hätte er nicht geglaubt, von ihrer Seite jemals Zustimmung zu erhalten. Insgeheim hatte er sie für eine jener Karrierefrauen gehalten, die sich etwas beweisen mussten und deshalb den Widerspruch um des Widerspruchs willen pflegten. Doch es war August Meyerbeer, der den Einwand abtat und von einer baldigen Erholung des Aktienmarktes sprach.

»Reden Sie ruhig weiter«, forderte Lena Dr. Holzknecht auf. »Vielleicht glaubt man Ihnen ja eher als mir.«

Dr. Holzknecht nahm einen Schluck aus seinem Glas. Diese Verzögerung sollte den folgenden Worten zusätzliches Gewicht verleihen. Dann erklärte er, dass das Tempo und die Ausrichtung der Produktlinie auf eine einzige Person und ihren zugegebenermaßen guten Geschmack mehrere Risiken berge. Zum einen bestehe eine völlige Abhängigkeit der Firma von der guten Form und kreativen Potenz dieser Person. Zum anderen sei das Produkt selbst modischen Schwankungen des Marktes ausgesetzt. Außerdem sei die Produktpalette zu einseitig auf die gut verdienende Frau zwischen zwanzig und vierzig ausgelegt.

Dieser kleine, aber von allen aufmerksam verfolgte Vortrag wurde von Hedda unterbrochen, die die erste Lage ihrer Königinpasteten hereinbrachte. Schon bei ihrem Anblick und ihrem Geruch wollte Lena sich der Magen umdrehen. Zeit zu gehen, sagte etwas in ihrem Innern. Birgit sah aufmerksam zu Lena herüber, mit Blicken fragend, ob sie den Abgang vorbereiten solle. Doch Lena wollte nicht gehen. Wilfried Holzknechts Ausführungen waren einfach zu interessant. Deshalb wählte sie einen anderen Weg.

Nachdem Hedda die Pasteten auf die Teller verteilt hatte, folgte sie ihr in die Küche und erklärte, sie könne das nicht essen. Hedda sah sie zuerst beleidigt an. Etwa wegen der schlanken Linie?, fragte sie sich. Das Mädchen hat in letzter Zeit doch sowieso abgenommen. Oder war sie etwa Vegetarierin geworden? »Ich hab auch noch was anderes im Kühlschrank«, bot sie an.

»Ich bin … schwanger«, gestand Lena. »Deshalb kann ich rein gar nichts bei mir behalten.«

Sprachlos stand Hedda da. Daran hätte sie als Allerletztes gedacht.

»Bisher wissen nur meine engsten Freunde davon«, fuhr Lena fort. »Deshalb möchte ich Sie bitten ...«

»Aber das ist doch klar«, sagte Hedda nun, legte sogar in weiblicher Solidarität die Hand auf Lenas Schulter. »Wir sagen einfach, Sie wären auf Diät.«

Lena atmete auf. Das warmherzige Verständnis, das ihr nun von Hedda entgegenschlug, überraschte sie. Immerhin war sie ihr lange spinnefeind gewesen. Auch für sie hatte sich offenbar vieles verändert.

Am Ende dieses Abends war Lena völlig erledigt, doch gleichzeitig derart überdreht, dass sie sicher war, so bald keinen Schlaf zu finden. Deshalb bat sie Birgit, die sie nach Hause gebracht hatte, ihr noch ein wenig Gesellschaft zu leisten.

Birgit spürte eine vibrierende Unruhe in ihrem Innern. Nichts wünschte sie mehr, als jetzt mit Lena alleine zu sein. Wie sie trotz ihres angeschlagenen Zustandes diesen Abend gemeistert hatte, bewunderte sie. Zu schade, dass sie ihrem Vater versprochen hatte, gleich zurückzukommen, nachdem sie Lena nach Hause gefahren hatte. Er hatte sie lange nicht gesehen und wollte angeblich ein paar Dinge mit ihr besprechen. In Wahrheit wollte er sie nur ein wenig um sich haben.

»Ich komm später zu dir«, versprach Birgit. »Wieso nimmst du nicht einfach ein angenehmes heißes Bad. In ein oder zwei Stunden bin ich wieder da und massiere dich durch. Danach schläfst du wie ein Baby, das verspreche ich dir.«

Lena nickte und stieg aus dem Wagen. Birgit sah ihr nach, bis sie im Haus verschwunden war. Ihr Herz schlug so heftig, dass sie es im ganzen Körper spürte. Dann schüttelte sie über sich selbst den Kopf. Was war das nur für ein seltsames Gefühl, das sie in letzter Zeit immer in Lenas Nähe hatte?

Aus der Traum

Cornelia spürte ein Kribbeln im Bauch, als sie sich der Firma näherte, die sie die meiste Zeit ihres Lebens als *Althofer Textilwerke* gekannt hatte. Diese Zeiten waren unwiederbringlich vorbei. Aufregende Veränderungen hatte es mittlerweile gegeben, aus den *Althofer Textilwerken* würde binnen kurzem die *Althofer-Cerni-Fashion AG* werden. Sie wünschte, sie hätte mehr an diesen Veränderungen teilhaben können. Dabei musste sie dankbar sein, dass Marion Stangl sie von Zeit zu Zeit anrief, um ihr die wichtigsten Neuigkeiten aus der Firma mitzuteilen. Ohne die eifrige Sekretärin ihres Vaters hätte sie nichts über die Veränderungen in der Firma erfahren und ihr leider allzu eintöniges Familienleben nur in München-Grünwald verbracht.

Als sie ihren Wagen vor der Schranke anhielt, glitt ihr Blick über die Backsteinbauten. Die Fertigungshallen und Verwaltungstrakte waren dieselben wie immer. Trotzdem war die Veränderung unverkennbar. Es war eine neue Energie, die von ihnen ausging und die auch sie ergriff.

Ewald Kunze grüßte freundlich aus seinem Pförtnerbüro und kam an das heruntergekurbelte Wagenfenster, um einen Blick auf den kleinen Florian zu werfen, der die Fahrt über geschlafen hatte und jetzt, die Augen reibend, erwachte. Nachdem der Pförtner mit der Althofertochter ein paar Worte gewechselt hatte, hob sich die Schranke, Cornelia legte den Gang ein und fuhr auf den Parkplatz in der Nähe des Verwaltungsgebäudes.

Marion Stangl hatte sie vor ein paar Tagen angerufen und in die Firma gebeten, weil sie wegen der bevorstehenden Fusion ein paar Unterschriften benötigte. Ihre eigenen Anteile hatte Cornelia zwar an Birgit verkauft, doch sie verwaltete noch immer treuhänderisch die Anteile ihres Sohnes, seiner größeren Kompetenz wegen hatte sie das Stimmrecht jedoch auf ihren Mann Andreas Straubinger übertragen.

Als Cornelia, ihr Kind auf dem Arm, in das von Marion Stangl regierte Vorzimmer trat, waren zwei Mitarbeiter gerade dabei, einen Schreibtisch in Wilhelm Althofers Büro zu tragen. Marion wirkte ziemlich genervt. Wie Cornelia von ihr erfuhr, hatte die Firma seit Anfang der Woche einen neuen kaufmännischen Leiter, der zunächst in Ewald Kunzes altem Büro untergebracht gewesen sei, dieses aber nicht als repräsentativ genug empfunden habe. Um für ihn Platz zu schaffen, mussten nun die beiden alten Herren Althofer und Meyerbeer zusammenrücken und sich ein Büro teilen.

Marion war so beschäftigt, dass sie kaum Zeit und Muße fand, sich dem kleinen Florian zu widmen. Dabei hatte sie sich so darauf gefreut, ihn endlich einmal wieder zu sehen. Doch zu mehr als einem freundlichen Lächeln und einem »Ach Gott, bist du gewachsen« kam sie nicht, denn schon klingelte das Telefon.

Während die Sekretärin telefonierte, sah Cornelia zu, wie der Schreibtisch des neuen Mitarbeiters in Felix' ehemaliges Büro gebracht wurde. Ein kaufmännischer Leiter – das hieß wohl, dass es von Roland noch immer keine Nachricht gab. Marion bestätigte dies, nachdem sie ihr Telefonat beendet hatte. »Aber wer weiß, wie lange dieser Dr. Holzknecht bei uns ist«, fügte sie hinzu. »Wenn es so weitergeht, werden ihn die Mitarbeiter irgendwann lynchen.«

Sie suchte die Dokumente, die Cornelia unterschreiben sollte, heraus und erzählte dabei, dass Dr. Holzknecht sich bereits in den ersten Tagen seiner Arbeit hier durch eine wahre Flut von Memos und Dienstanweisungen unbeliebt gemacht hatte. Während sie redete, deutete sie auf die Stellen, an denen Cornelia unterschreiben musste.

Nachdem das erledigt war, nahm Cornelia den kleinen Florian, den Marion so lange auf dem Arm gehalten hatte, wieder an sich. »Ist Lena da?«, fragte sie. »Ich würde sie gerne sehen. Meinen Sie, ich kann unangemeldet bei ihr hereinschneien?«

»Ich kann Sie ja anmelden«, sagte Marion freundlich lächelnd und griff zum Telefonhörer.

Cornelia verabschiedete sich und verließ das Vorzimmer. In letzter Zeit hatte sie viel an Lena gedacht und dabei den Wunsch gespürt, sie wieder zu sehen. Dass Hedda ihr, natürlich unter dem Siegel der Verschwiegenheit, von Lenas Schwangerschaft erzählt hatte, vergrößerte diesen Wunsch noch.

Als Cornelia die Treppen hinunterging, wanderten ihre Gedanken zurück in die Zeit, in der sie und Lena unerbittliche Rivalinnen im Kampf um die Liebe zweier Männer gewesen waren. Der eine war Florian Unger gewesen, der Vater ihres Kindes. Cornelia hatte immer gespürt, dass Lena einen Platz in seinem Herzen hatte, zu dem sie nie vordringen würde, und das hatte ihre Eifersucht angestachelt. Der andere Mann war ihr gemeinsamer Vater Wilhelm. Cornelia war erstaunt, wie seltsam fern ihr diese Ereignisse vorkamen. Dabei lag das alles noch gar nicht so lange zurück. Sie hatte endgültig Frieden mit der Vergangenheit geschlossen. Und mit Lena. Sie wünschte, sie wäre früher zur Vernunft gekommen, dann wäre ihnen beiden und der ganzen Familie viel Leid und Kummer erspart geblieben.

Auf dem Hof bemerkte Cornelia ihren Bruder Felix. Leider nicht früh genug, um ihm rechtzeitig aus dem Weg zu gehen. Seit Tagen drängte er sie dazu, bei seiner Spekulation mit *Althofer-Czerni*-Aktien mitzumachen. Cornelia verstand nicht genug von diesen Dingen, um sich ein klares Urteil bilden zu können, aber so viel wusste sie: Was Felix vorhatte, war alles andere als astrein.

Als er seine Schwester bemerkte, eilte er sogleich auf sie zu. Nach einem lockeren Begrüßungsspruch sah er sich kurz über die Schultern nach Zuhörern um und fragte mit gedämpfter Stimme: »Hast du es dir überlegt?« Seine Hand fuhr dabei aufgeregt durch das lange Haar.

»Lass mich mit deinen Machenschaften in Ruhe«, entgegnete Cornelia. »Ich versteh von so was nichts.«

»Das brauchst du ja auch gar nicht. Lausitz und ich wickeln die Geschäfte ab. Mit meinen Insiderinformationen kann gar nichts schief gehen.«

»Ist das nicht illegal, Felix?« Cornelia sah ihn vorwurfsvoll an, rückte sogar ihr Kind, das er zwischendurch immer wieder freundlich anblinzelte, von ihm ab, so als fürchte sie, sein Einfluss könne dem Kleinen schaden.

»Illegal ist nur, was rauskommt«, tat er ihren Vorwurf leichthin ab. »Aber es wird nichts rauskommen. Deshalb ja der Fond in Liechtenstein, den der liebe Dr. Lausitz uns eingerichtet hat. Unsere Namen tauchen nicht auf.«

Cornelia schüttelte den Kopf und ging weiter. Doch so leicht wurde sie Felix nicht los. Wie eine Zecke heftete er sich an sie und redete weiter auf sie ein. »Der Fond kauft zum Emissionskurs«, erklärte er, stolz auf seine vermeintlich blendende Idee, »und verkauft, sobald der Höchststand erreicht ist. Das dürfte so gegen Quartalsende sein, wenn die neuen Umsatzprognosen fällig werden. Lena kann das Tempo unmöglich durchhalten. Es klemmt jetzt schon an allen Ecken und Enden.«

Cornelia blieb abrupt stehen und sah ihn an. »Was hast du eigentlich mit einem Mal gegen Lena?«, fragte sie ihn. »Ihr wart doch immer ein Herz und eine Seele.«

Felix' Miene verdüsterte sich. »Da hatte ich auch noch Anteile an der Firma«, sagte er. Insgeheim gab er Lena auch eine Mitschuld daran, dass Natalie ihn verlassen hatte. Hatte die nicht erst durch sie diesen Uwe kennen gelernt? Wahrscheinlich hatte Lena schon die ganze Zeit auf eine Trennung hingearbeitet. Und seit er keine Anteile mehr hatte und nur noch Vertriebsleiter war – nie würde er vergessen, wie sie ihm das unter die Nase gerieben hatte! – brauchte sie ihn nicht mehr für ihre Machtübernahme bei *Althofer*.

Cornelia gefiel es nicht, wie Felix sich verändert hatte. Hartnäckig blieb er an ihrer Seite und redete auf sie ein. Cornelia stellte sich taub. Erst vor dem Eingang zur Villa ließ er von ihr ab.

Mit gemischten Gefühlen ging Cornelia ins Haus. Immerhin war dies der Ort, an dem sie eine ungetrübte und glückliche Kindheit und Jugend verbracht hatte. Als wolle er sie an die damalige Leichtigkeit erinnern, spielte Florian lachend mit einer Strähne ihres braunen Haars. Wehmut kam in ihr auf, währte aber nur kurz, denn gleich darauf spürte sie die besondere Energie, die jeder Ort, an dem kreativ gearbeitet wurde, für sie ausstrahlte.

Cornelia ging die Treppe hinauf und trat in den Raum, der früher das Wohnzimmer war. Jetzt herrschte hier ein ziemliches Durcheinander und mitten drin stand Lena. Zweifellos war dies das kreative Herzstück der neuen Firma.

Verlegen begrüßte Lena ihre Halbschwester und das Kind. Der Anruf von Marion Stangl hatte sie unruhig gemacht. Zwar hatte Cornelia selbst ihr die Schlüssel zur Villa überlassen, aber vielleicht bereute sie es mittlerweile ja, vor allem, wenn sie die Unordnung überall sah.

Doch Cornelia äußerte keineswegs Missfallen, im Gegenteil. Interessiert sah sie sich um, ihre Augen hatten dabei einen ganz besonderen Glanz. Sie betrachtete die Entwürfe für die neue Kollektion und andere Skizzen und lobte alles. Lena war erleichtert. Ihre Spannung wuchs erst wieder, als Cornelia sie zuletzt selbst in prüfenden Augenschein nahm.

»Was ist?«, fragte sie schließlich, als sie diesen Blick nicht länger ertrug.

»Meine Mutter hat es mir erzählt«, sagte Cornelia nur.

Lena verstand. Sie hatte sich schon gedacht, dass Hedda das Geheimnis nicht lange für sich behalten würde. Im Übrigen kursierten in der Firma ohnehin schon Gerüchte wegen ihrer auffallenden Blässe, der häufigen Übelkeit und des Gewichtsverlustes. Die Übelkeit hatte sich nicht gelegt, die Schmerzen in ihrem Unterleib waren sogar noch schlimmer geworden. Allmählich machte Lena sich ernsthafte Sorgen, nicht sosehr um sich, sondern um das Kind. War das normal? Zum Glück wurde Ende der Woche eine Ultraschalluntersuchung gemacht.

Mit Cornelia hatte sie endlich jemanden gefunden, mit dem sie nicht nur über all dies reden, sondern der auch aus eigener Erfahrung über die Probleme einer Schwangerschaft berichten konnte. So saßen die beiden Frauen bei Kamillentee und Knäckebrot, was Cornelia aus Solidarität mit ihrer Halbschwester gern tat, und unterhielten sich angeregt. Wenn irgendwann doch eine Gesprächspause eintrat, beobachteten sie den kleinen Florian, der auf dem Boden saß und mit den zahlreichen Stoffresten spielte.

Nicht nur Lena, auch Cornelia konnte sich das Herz erleichtern. Sie erzählte von ihrem Ehe- und Familienalltag und davon, dass ihr Mann damit begonnen habe, den Pilotenschein zu machen. Das Fliegen entwickle sich zu einer regelrechten Leidenschaft bei ihm, einer Leidenschaft, die Cornelia freilich nicht teilte. »Wahrscheinlich brauchen die Männer so etwas«, sagte sie nur, »um sich ihre Männlichkeit zu beweisen.«

Als Lena all das hörte, wurde ihr ganz mulmig zumute. Immer wieder verwies Cornelia darauf, welche Kompromisse sie als Mutter eingehen müsse. Die Fähigkeit zum Kompromiss war jedoch nicht gerade Lenas hervorstechendste Eigenschaft. Mit gemischten Gefühlen legte sie die Hand auf ihren Bauch und betrachtete gleichzeitig den spielenden Florian auf dem Boden. Wie sollte das alles nur weitergehen?

Nach einer Weile war es für Cornelia und vor allem für Florian Zeit aufzubrechen. Lena begleitete die beiden zum Wagen. Dort angekommen, lud Cornelia sie ein, sie doch einmal in Grünwald zu besuchen. Obwohl Lena zu einem solchen Besuch durchaus Lust gehabt hätte, blieb ihre Zusage eher zurückhaltend. Sie wusste einfach nicht, wie und wann sie das auch noch zeitlich schaffen sollte, schon gar nicht jetzt, da sie mit dem letzten Feinschliff an der neuen Kollektion in Rückstand geraten war.

»Ich wäre gerne deine Freundin«, bekannte Cornelia

schließlich, da sie das Zögern Lenas als Vorbehalt ihr gegenüber deutete, »und nicht nur die komische Halbschwester. Ich wünschte, wir könnten die alten Rivalitäten vergessen und einfach neu anfangen.« Ihr Blick wanderte unruhig herum. Es war offensichtlich, dass es ihr schwer fiel auszusprechen, was ihr im Kopf herumging. »Ich bin nicht sehr glücklich da draußen, wo ich jetzt bin«, gestand sie schließlich. »Da gibt es nur Beamte und Geschäftspartner, aber keine Menschen wie du und ich. Keine kreativen Menschen, meine ich.«

Lena nickte und versprach, sich zu melden. Sie bedauerte es, wegen ihres angeschlagenen Zustandes und der Sorgen nicht herzlicher auf die Wandlung Cornelias reagieren zu können. Als Cornelia ihr zum Abschied auch noch einen hastigen Kuss auf die Wange drückte, war sie froh. War dies nicht der Beweis, dass Menschen sich ändern und die Dinge sich zum Besseren entwickeln können?

Als Cornelia wegfuhr, winkte Lena ihr noch einmal zu und überquerte dann den Hof. Sie musste sich mal wieder bei Waltraud blicken lassen, denn um ungestört arbeiten zu können, war sie den ganzen Vormittag nicht ans Telefon gegangen. Waltraud war bestimmt auf hundertachtzig und das zu Recht.

Zu ihrem Leidwesen traf sie auf der Treppe Wilfried Holzknecht, der sich auch sofort auf sie stürzte. »Da sind Sie ja«, rief er schon von weitem, »ich versuche schon ...«

»Nicht jetzt, Herr Holzknecht«, schnitt Lena ihm das Wort ab und ließ ihn einfach stehen. Sie würde ihn jetzt nicht ertragen.

Fassungslos stand Dr. Holzknecht da und sah ihr nach. »So geht das aber nicht …«, rief er ihr hinterher.

»Es wird gehen müssen.«

»Ich bin nicht gewohnt, dass man so mit mir umspringt!« Seine Empörung war unüberhörbar.

Lena blieb stehen und drehte sich um. Dr. Holzknecht eilte auf sie zu. Zwischen seinen Brauen hatte sich eine tiefe Furche eingegraben, seine Oberlippe zitterte, als er sagte: »Ich bin hier der kaufmännische Leiter und nehme meine Aufgabe ernst. Aber so kann ich nicht arbeiten!«

»Soweit ich mich erinnere«, entgegnete Lena spitz, »wurden Sie eingestellt, um mir den Rücken freizuhalten. Also tun Sie das. Bis nach der Messe habe ich keine Zeit. Halten Sie sich so lange an unsere Herren Vorsitzenden, die Sie bestimmt auf dem Golfplatz finden werden.«

Ohne seine Antwort abzuwarten, drehte sie sich um und ging weiter. Wilfried Holzknecht blieb wie erstarrt zurück. So hatte bisher noch niemand mit ihm geredet. Groll flammte in ihm auf. Einen Moment überlegte er sich, ob er ihr nachlaufen und ihr ordentlich die Meinung sagen sollte. Er entschied sich dagegen. Das war nicht sein Stil. Er würde sich anders zu revanchieren wissen. Erst als Lena schon längst verschwunden war, löste sich seine Anspannung. So nicht, Frau Czerni, dachte er und kehrte zurück in die Verwaltung.

Auf dem Flur vor den Büros wurde er unfreiwillig Zeuge, wie Felix am anderen Ende des Ganges eine junge Frau zu küssen versuchte. Doch die schob ihn weg und verschränkte schmollend die Arme vor der üppigen Brust. »Ich dachte, du hättest was zu melden in der Firma«, sagte sie.

»Theoretisch schon«, entgegnete Felix und überspielte seine Verlegenheit wie immer mit vermeintlicher Lockerheit. »Nur im Moment ist es etwas …«

Sie hatte offenbar keine Lust, sich Ausreden anzuhören und rannte davon, genau auf Dr. Holzknecht zu. Dieser entschied sich, so zu tun, als habe er nichts gesehen und setzte seinen Weg fort. Mit sachlicher Höflichkeit grüßte er sowohl die junge Frau als auch Felix, dem die Peinlichkeit dieser Situation wohl bewusst war.

Im Vorzimmer saß Marion Stangl hinter ihrem Schreibtisch und sortierte Dokumente in eine Unterschriftenmappe. Sie würdigte ihn keines Blickes.

Wilfried Holzknecht ließ die Missachtung, die ihm entgegenschlug, völlig kalt. Im Gegenteil. Sie war ihm ein Beweis, dass seine Gangart richtig war. Wenn die Mitarbeiter allzu zufrieden waren, hieß das, dass sie zu viele Freiräume hatten und das bedeutete wiederum, dass es eine Menge Leerlauf gab.

Dr. Holzknecht warf einen kurzen Blick in das neu eingerichtete Chefbüro. »Ich weiß nicht, was Sie haben«, sagte er an Marion Stangl gewandt, »ist doch ganz passabel.«

Die Sekretärin sprang erbost auf. Sie konnte sich nicht länger zurückhalten. »Passabel nennen Sie das?«, rief sie aus. »Wie die Ölsardinen sitzen die beiden in ihrem Büro.«

Wilfried Holzknecht zuckte nur die Schultern. Die Chefs konnten zum Ausgleich ja die Weite des Golfplatzes aufsuchen. Zufrieden zog er sich in sein neues Büro zurück.

Er hatte kaum die Tür geschlossen, da stürmte Felix herein und baute sich vor Marions Schreibtisch auf. »Was haben Sie der Dame eben gesagt?«, wollte er aufgebracht wissen.

»Dass wir einen Textiltechniker suchen und keine …« Sie zog pikiert die Brauen hoch. »Damit Sie es ein für allemal wissen, Herr Althofer. Ich lasse mich nicht vor Ihren Karren spannen. Wenn Sie Ihren Bekanntschaften das Blaue vom Himmel versprechen, ist das nicht meine Sache.«

»Inge ist eine Spitzenkraft!«

»Aber nicht in der Textilbranche. Vielleicht eher im textilfreien Gewerbe.«

Felix konnte sich angesichts ihrer Schlagfertigkeit ein Lächeln nicht verkneifen. Doch es verflog rasch wieder, denn die Bitterkeit überwog. Wieder hatte sich gezeigt, dass er in der Firma nichts mehr zu sagen hatte. Lena hingegen konnte ohne weiteres Natalies neuen Lover in ihrer Abteilung platzieren.

»Ist er in seinem Büro?«, fragte Felix nun. Er sprach den Namen Holzknecht nicht öfter aus als unbedingt nötig, wies nur mit einer Bewegung des Kopfes auf die verschlossene Tür, die einmal in *sein* Büro geführt hatte. Er hatte mit diesem Herren noch ein Hühnchen zu rupfen.

Marion nickte.

Felix klopfte kurz an, wartete aber nicht, sondern trat gleich ein. Holzknecht saß am Schreibtisch und blätterte in irgendwelchen Akten. Er blickte nur kurz auf, um sich sogleich wieder seiner Lektüre zuzuwenden.

»Sie haben was gegen mich, nicht wahr?«, sagte Felix, seinen Unmut über ein Memo, das ihn am Morgen erreicht hatte, hinter einem Lächeln verbergend.

Dr. Holzknecht atmete schwer. Der Ledersessel knirschte, als er darin nach hinten rutschte. Das war genau die Art von Gespräch, die er überhaupt nicht leiden konnte. Wieso mussten die Leute immer alles so persönlich nehmen? Nein, er verabscheute es, mit Persönlichem, womöglich gar Privatem konfrontiert zu werden. Da bevorzugte er entschieden die sachlich-geschäftliche Ebene. »Ich habe stets meine privaten Meinungen und Gefühle vom Tagesgeschäft zu trennen verstanden«, sagte er vage und doch bestimmt, »und ich möchte es auch weiterhin so halten.«

Es stimmte. Er mochte Felix nicht besonders. Dieses ewig jungenhafte Getue war ihm zuwider, ebenso die ständigen Frauengeschichten.

»Ihr neuestes Memo zielt doch auf mich, auch wenn Sie meinen Namen nicht nennen«, fuhr Felix unbeirrt fort. »Geschäftsfahrten unter fünfhundert Kilometer seien zukünftig mit der Bahn abzuwickeln. Was soll denn das?«

»Sie können ruhig weiter in der Business Class durch die Gegend jetten«, erklärte Holzknecht mit einem Schulterzucken, »aber auf eigene Rechnung.« Er beugte sich vor und sah Felix eindringlich an. »Wissen Sie, wie viel Sie allein im letzten Jahr verflogen haben? Fünfzigtausend Euro! Dafür kann ich einen oder zwei Männer in der Fertigung anstellen.«

»Klar«, gab Felix sarkastisch zurück, »und wenn wir alle mit dem Fahrrad fahren, ist sogar eine neue Schicht drin.«

Felix' Worte und ihr aggressiver Ton prallten wirkungslos an Wilfried Holzknecht ab. Er lehnte sich bequem in seinem Sessel zurück und sah den früheren Juniorchef an. Einen Moment blitzte in diesem Blick seine Ablehnung, ja Verachtung für den Vertriebsleiter auf. Dann sagte er mit der ihm eigenen Unterkühltheit: »Der Aufsichtsrat hat mich engagiert, um Ordnung und Effizienz in diese Firma zu bringen. Man bezahlt mir dafür ein horrendes Honorar, das ich, unter uns gesagt, nur deshalb so hoch angesetzt habe, um diesen Job *nicht* machen zu müssen. Aber man ist wohl der Überzeugung, ich sei mein Geld wert. Und deshalb bin ich entschlossen, mir jeden Cent davon zu verdienen.«

Felix senkte den Blick. Eins musste man dem Mann lassen: Er nahm seinen Job ernst. Und das konnte nur im Sinne der Firma sein. Trotzdem empfand er es als Kränkung, dass der Rotstift auch bei ihm angesetzt werden sollte.

»Wenn *Althofer* an die Börse geht, zählt nicht der traditionsreiche Name«, fuhr Dr. Holzknecht im dozierenden Stil fort, »dann zählen nur Gewinne. Und da ich annehmen darf, dass Sie als ehemaliger Gesellschafter Aktien zeichnen werden, sind meine Maßnahmen doch nur in Ihrem Sinne.«

»Aktien? Ich?«, versetzte Felix rasch und schüttelte heftig den Kopf. »Ich hab mein Geld in Liechtenstein angelegt. Und was meine Geschwister angeht: Roland fällt ja wohl aus, meine Schwester hat meines Wissens mit ihrem Geld auch etwas Besseres vor und Hedda ist froh, mit der Firma nichts mehr zu tun zu haben.«

Wilfried Holzknecht sah ihn überrascht an. Er fand das reichlich merkwürdig. Angeblich stand der neuen AG doch eine glorreiche Zukunft bevor. Wieso investierten dann nicht einmal die Familienmitglieder?

Um weiteren Fragen zuvorzukommen, tat Felix so, als hätte er es plötzlich eilig, verabschiedete sich knapp und verließ das Büro des kaufmännischen Leiters.

Da er nicht so recht wusste, wohin, entschied er sich schließlich für die Kantine. Hatte Lena ihm nicht mehr oder weniger deutlich vorgeworfen, er sei sich zu gut dafür, mit den anderen Arbeitern zu essen? Diesem Eindruck wollte er entgegentreten, zumal er jetzt ja auch nur noch ein einfacher Angestellter war.

Natürlich war das nicht der wirkliche Grund, warum er in die Kantine ging. Er hoffte, Natalie dort zu treffen. Dabei wusste er selbst, dass es am vernünftigsten gewesen wäre, ihr aus dem Weg zu gehen. Doch etwas trieb ihn dazu, ständig an sie zu denken, sich mitten in der Nacht alte Fotos anzusehen oder vermeintlich zufällige Begegnungen herbeizuführen, obwohl er sich eigentlich nur selbst damit Schmerzen zufügte.

Natalie war tatsächlich noch in der Kantine. Doch sie war nicht allein. Uwe war bei ihr. Die beiden turtelten und schäkerten ungeniert herum. So ausgelassen vor Glück hatte Felix sie lange nicht gesehen. Wahrscheinlich hat sie mich längst bemerkt und zieht eine Show ab, um mich zu ärgern, dachte er. Es wollte ihm einfach nicht in den Sinn, wie sie sich an eine so farblose Erscheinung wie diesen Uwe verschwenden konnte.

Felix ließ sich von Katharina Schirmer ein Paar Würstchen mit Kartoffelsalat auf den Teller legen und setzte sich zu Paul Wieland, dem Leiter der Fertigung, an den Tisch. Der fühlte sich sichtlich geehrt. Felix musste nur »Wie läuft's denn so bei Ihnen?«, fragen, da legte Paul Wieland schon los, erzählte von Maschinenproblemen aufgrund von neumodischen Stoffkreationen, die einfach am Rande der Machbarkeit waren, und vor allen Dingen von Dr. Wilfried Holzknecht, der mit seiner Pedanterie die gesamte Belegschaft zur Weißglut, vielleicht sogar zu einem Aufstand trieb.

Felix bekam von Wielands wortreichen Klagen wenig mit. Immer wieder wanderten seine Augen zu Natalie und Uwe. Er glaubte seine Exfreundin sagen zu hören: »Ich will mit dir alt werden, Uwe« und spätestens da verging ihm der Appetit.

Wieland bemerkte Felix' Unaufmerksamkeit, brach mitten im Satz ab und folgte seinem Blick. »Ja ja, die Natalie Sailer«, sagte er verständnisvoll und stützte die Ellbogen auf den Tisch. Es hörte sich an, als wolle er ein Gespräch über Frauen im Allgemeinen und diese im Besonderen beginnen, doch dann fiel ihm wohl auf, dass er, der die meiste Zeit seines Lebens ohne Frau verbracht hatte, wenig dazu beisteuern konnte. Deshalb verfiel er in Schweigen.

Nach einer Weile fiel Felix die Stille auf, er wandte sich Paul Wieland wieder zu, überspielte die Situation mit dem ihm eigenen nonchalanten Lächeln und fragte: »Wo waren wir stehen geblieben?«

»Bei Dr. Holzknecht«, entgegnete Wieland.

»Richtig. Lassen Sie sich eins gesagt sein: Verschwenden Sie Ihre Energie nicht in Grabenkämpfen mit ihm. Er sitzt am längern Hebel. Und der Mann wird bleiben, daran ist nicht zu rütteln. Außerdem sollten Sie sich nicht wegen allem und jedem beschweren. Das erweckt den Eindruck, Sie hätten Ihren Job nicht im Griff.«

Paul Wieland sah Felix erschrocken an und wollte schon etwas erwidern, sich rechtfertigen, doch Felix legte ihm versöhnlich die Hand auf den Unterarm und erklärte: »Bei mir im Verkauf geht doch auch allerhand schief. Aber ich bin nicht so bescheuert, das an die große Glocke zu hängen, indem ich rumrenne und es allen erzähle.«

»Ich sage nur, was Sache ist«, verwahrte Wieland sich.

Felix lächelte und dachte: Der lernt es nie.

Dann wanderten seine Augen schon wieder zu Natalie und Uwe, die gerade aufstanden, ihre Tabletts zurück an den Tresen stellten und dann Arm in Arm hinausschlenderten. Natalie warf Felix über die Schulter hinweg einen raschen Blick zu, der sagen wollte: Schau dir an, wie glücklich ich bin! Und Felix verstand die Botschaft, der Blick fuhr ihm wie ein Pfeil ins Herz.

Nachdem die beiden fort waren, hielt es auch Felix nicht länger. Auf dem Weg nach draußen schüttelte er alle Gedanken an Natalie ab, sagte sich, sie sähe ohnehin nicht mehr so toll aus wie früher und hätte wohl erneut abgenommen. Sollte dieser Uwe sie ruhig haben!

Mit Telefonaten und ein wenig Schreibkram brachte er den Nachmittag herum. Gegen vier verließ er sein Büro und wenig später raste er in seinem Porsche davon. Doch er fuhr nicht zu seiner Wohnung, sondern zu den Meyerbeers. Er wusste, dass er seine Mutter dort allein antreffen würde. Eine günstige Gelegenheit, ihr von der Entwicklung seiner Pläne zu berichten, denn sie hatte er bereits für eine Investition gewonnen, ihr dabei allerdings verschwiegen, dass die Art von Spekulation, die er vorhatte, illegal war und die Firma in den Ruin treiben könnte.

Schon als er eintrat, kam ihm Hedda seltsam unruhig vor, so als wolle sie ihm etwas sagen, traue sich aber nicht. Sie wird schon noch damit herausrücken, dachte er. Hedda, die gerade ihre täglichen Sportübungen machte, führte ihren Sohn ins Wohnzimmer. Während sie weiter auf dem Trimm-dich-Rad in die Pedale trat, erzählte er, was es Neues gab. Da es aber kaum Neuigkeiten gab, wiederholte er nur, was er Hedda ohnehin bei jeder Gelegenheit über seine Börsenpläne sagte. Seine Miene hellte sich immer mehr auf, seine Idee erfreute ihn so sehr, dass er darüber sogar Natalie und Uwe vergaß. »Das ist wie die Lizenz zum Gelddrucken, Mama«, schloss er. »Es kann nichts schief gehen.«

Hedda hörte auf zu treten und schaute ihn verlegen an. »Ich fürchte, es ist schon etwas schief gegangen«, sagte sie dann. »August hat den Brief von der Liechtensteiner Firma gesehen.«

In Felix' Magen verkrampfte sich etwas. Sein Oberkörper schnellte vor. »Ich hab ausdrücklich gesagt, dass sämtliche Post über mein Postfach laufen soll!«, stieß er verärgert aus.

»Es war ja nur der Prospekt«, beeilte Hedda sich zu sagen und rutschte von dem Sportgerät. »Aber du kennst August ja. Er ist immer so misstrauisch und hat mir so viele Fragen gestellt.«

»Du hast ihm doch hoffentlich nichts gesagt.«

»Natürlich nicht«, versicherte sie, wich seinem Blick jedoch aus. Sie wusste nicht, wie viel August ihren Erklärungsversuchen dennoch entnommen hatte. Er war ein Fuchs, dem man nicht so leicht etwas vormachen konnte.

Felix reichte seiner Mutter ein Handtuch, das über der Sofalehne hing. »Es ist dein Geld, Mama. Er kann dir keine Vorschriften machen. Schließlich seid ihr nicht verheiratet.«

Hedda stellte sich demonstrativ vor ihren Sohn und sagte mit Entschiedenheit: »Dieser Mann ist das Beste, was einer Frau in meinem Alter passieren kann. Ich werde das nicht aufs Spiel setzen.«

»Männer kommen und gehen«, entgegnete Felix leichthin. »Ein Konto in Liechtenstein mit Traumrendite, das bleibt!« Er lächelte seine Mutter auf diese etwas zu strahlende Weise an, die sie gar nicht an ihm mochte. Seine ganze Leichtfertigkeit kam darin zum Vorschein.

In diesem Moment hörten die beiden, wie die Haustür aufgeschlossen wurde. Kurz darauf rief Birgit schon nach Hedda. Und dann stand sie auch schon im Wohnzimmer, ziemlich geschafft und froh, einen anstrengenden Tag hinter sich zu haben. Während sie ablegte, begrüßte sie Felix und Hedda knapp.

»Wie war Paris?«, fragte Felix.

»Wir brauchen dringend einen neuen Messestand«, antwortete sie.

»Unserer ist doch erst ein paar Jahre alt und sieht toll aus«, entgegnete Felix.

»Das hat die Konkurrenz auch bemerkt und uns hemmungslos kopiert. Aber du wirst ja selbst sehen.«

Birgit verschwand ins Bad, um sich frisch zu machen.

»Paris«, wiederholte Hedda verträumt. »Da war ich ewig nicht mehr.«

»Komm doch einfach mit«, lud Felix sie ein.

Sie lächelte ihn dankbar an, meinte aber: »Das ist wirklich nett von dir, aber … besser nicht.«

»Wieso?«

»August ist wie ein Kind. Er braucht Gesellschaft.«

Felix schüttelte den Kopf. Was war nur mit seiner Mutter los? Nicht einmal während ihrer Ehe mit Wilhelm hatte sie das Heimchen am Herd spielen wollen, das seine Erfüllung in der Versorgung und Unterhaltung ihres Gatten fand. Wenn sie sich damals etwas in den Kopf gesetzt hatte – und das war nur allzu oft der Fall gewesen –, dann hatte sie das auch durchgesetzt. Jetzt aber schien sie nichts mehr zu tun, was ihrem August missfallen könnte. Und war das, was da nur notdürftig unter einem Kissen versteckt auf dem Sofa lag, wirklich Strickzeug?

»Du wirst mir echt unheimlich«, sagte Felix belustigt. »Du kochst, putzt und …« er hob das Kissen » … strickst.« Er hob die Nadeln und das unfertige Teil auf und betrachtete es. »Was soll denn das werden?«, fragte er. »Pulswärmer?«

107

Hedda kam rasch näher und wollte ihm das Strickzeug wegnehmen. Doch es gelang ihr nicht.

»Moment mal«, rief Felix da aus, »das ist doch ein Strampelhöschen. Du wirst doch nicht auch noch …! Aber nein, das ist ja ausgeschlossen, oder?«

»Soll das heißen, du weißt es noch gar nicht?«, erwiderte Hedda, nachdem sie ihm das Strickzeug endgültig entrissen hatte. Felix schüttelte den Kopf. »Lena«, sagte Hedda nur.

»Lena?«, fragte er ungläubig nach. Das war ja ein Ding! Ausgerechnet die vom Ehrgeiz zerfressene Lena, die nicht ruhte, bis sie sich *Althofer* komplett einverleibt hatte, sah Mutterfreuden entgegen?

»Du behältst das aber für dich«, verlangte Hedda mit gedämpfter Stimme und einem schlechten Gewissen. »Ich musste ihr versprechen, dass es unter uns bleibt.« Hedda war erleichtert, als Birgit endlich aus dem Badezimmer kam. So konnte sie sich vor weiteren Fragen drücken und unter die Dusche verschwinden.

Aber Felix wusste ohnehin genug. Im Übrigen: Was ging es ihn an? Ihn beschäftigte ohnehin schon wieder etwas anderes. Seit ihrer Scheidung von Roland hatte Birgit sich blendend entwickelt. Früher hatte sie nicht zu den Frauen gehört, die ihn hätten reizen können, doch jetzt …

»Was hältst du davon, wenn ich dich zum Essen ausführe?«, fragte er und, um zu unterstreichen, wie er das meinte, legte er seinen Arm um ihre Hüften. Er gab seiner Annäherung den Anschein des Spielerischen, Ironischen, doch seine Berührung war so kräftig, dass an seiner wirklichen Absicht kein Zweifel bestehen konnte.

»Nicht, Felix«, wies Birgit ihn ab.

»Was ist?« Er schien sich nicht vorstellen zu können, dass eine Frau ein solches Angebot ausschlagen könnte, schon gar nicht, wenn sie seit längerem schon keinen Mann mehr gehabt hatte. »Oder hast du etwas laufen, von dem keiner weiß?«, sicherte er sich ab.

»Nein.« Birgit machte sich endgültig los. »Lass das sein. Oder du zwingst mich, noch deutlicher zu werden.«

Felix verkürzte den Abstand zwischen sich und ihr wieder. Er setzte auf die Wirkung seiner vermeintlich unwiderstehlichen Männlichkeit. »Das ist doch kein Leben für dich, Birgit. Sechzehn Stunden am Tag spielst du für Lena den Laufburschen. Und gleichzeitig lebst du bei deinem Vater wie eine alte Jungfer.«

»Und mit dir in die Kiste zu springen, wäre eine tolle Abwechslung.«

Er zwinkerte. »Es muss ja nicht für die Ewigkeit sein. Aber lustiger ist es allemal.«

Birgit ging einen Schritt zurück, stemmte die Arme in die Hüften und sah ihn mit aggressiv blitzenden Augen an. Wenn er klare Worte brauchte, um zu verstehen, dann konnte er sie haben. »Ich sag dir, warum ich nicht will. Ich finde Männer wie dich schlicht zum Kotzen.«

»Uuuhhh!«, machte Felix amüsiert. Wenn er sich mit solch markigen Sprüchen abwimmeln ließe, hätte er das Beste in seinem Leben vermutlich verpasst. Trotzdem, zurzeit war er, was seine Gefühle anging, angeschlagen. Deshalb war ein Teil seiner Gelassenheit gespielt. Wie es hinter dieser Maske aussah, wollte er selbst nicht sehen.

Birgit hingegen fühlte sich nur weiter provoziert. »Wann begreifst du endlich, dass deine Masche nicht mehr zieht?«, legte sie nach. »Was muss denn noch passieren? Natalie hat kapiert, was du für einer bist. Auch wenn es lange gedauert hat. Aber du machst einfach so weiter.«

Das war zu viel. Die Maske bekam Risse. »Und wann kapierst du, dass du mit Lena aufs falsche Pferd gesetzt hast?«, fuhr er Birgit scharf an. »Früher oder später wird sie schlapp machen. Wie alle in dieser Branche. Oder ein größerer Fisch schluckt sie und das war's dann. Aber ich werde immer da sein, verstehst du!«

Birgit erschrak. So hatte sie Felix noch nie erlebt. Sicher, er war auch schon früher mal auf hundertachtzig gewesen, wenn ihm etwas nicht in den Kram passte. Aber nie hatte sie ihn so aggressiv gesehen. Sein Zorn war nur eine Reaktion auf verletzte Gefühle, das begriff sie sofort.

»Ich war auch so naiv wie du«, fuhr er fort, »und bin auf ihre blauen Augen hereingefallen. Ich hab ihr die Stange gehalten, obwohl die ganze Familie gegen sie war.« Er lachte verbittert auf. »Aber kaum hatte ich meine Anteile verkauft, hat sie mich fallen lassen wie eine heiße Kartoffel. Jetzt bin ich nur noch ein einfacher Angestellter.«

Schweigend sahen die beiden sich an. Birgit wusste nichts darauf zu erwidern. Das Bild, das Felix von Lena hatte, entsprach nicht ihrer Erfahrung. Offenbar kam er einfach nicht damit zurande, dass jetzt andere das Sagen in der Firma hatten, und suchte einen Schuldigen, an dem er seine Frustration abreagieren konnte.

110

Die Stille wurde von Hedda unterbrochen, die, aus dem Bad rufend, Birgit bat, ihr ein Handtuch zu bringen. Felix nahm dies zum Anlass, sich zu verabschieden. Dabei lag schon wieder das altbekannte Lächeln auf seinen Lippen. Doch sein Herz pochte noch immer laut und vernehmlich, als er längst schon in seinem Porsche saß.

Wilfried Holzknecht überprüfte noch einmal den Sitz seines Anzuges und seiner Krawatte. Alles perfekt. Erst dann drückte er die Haustür der Villa auf und trat ein. Kurz nachdem Felix sein Büro verlassen hatte, hatte Waltraud Michel ihn angerufen und ausrichten lassen, dass Lena Czerni ihr Verhalten Leid tue und dass sie ihn um eine weitere Unterredung bitte. Da Wilfried Holzknecht kein Unmensch war, hatte er sich dem Versöhnungsangebot nicht verschlossen.

»Frau Czerni?«, rief er nun durch die Halle.

»Hier oben!«, kam es aus dem ersten Stock.

Dr. Holzknecht stieg die Treppe hinauf. Die Tür zum Wohnzimmer stand offen. Lena saß an ihrem Arbeitstisch und arbeitete an einer Skizze für einen Hosenanzug, bei dem ihr noch das entscheidende Detail fehlte. Als Holzknecht eintrat, blickte sie kurz auf, lächelte und wandte sich dann wieder ihrem Problem zu. »Ich bin gleich so weit«, sagte sie nur noch. »Nehmen Sie ruhig Platz.«

Holzknecht sah sich lieber ein wenig um. Er fragte sich, wie Lena es schaffte, in einem solchen Durcheinander zu einem klaren Gedanken zu kommen. Es gab eben verschiedene Arten von Arbeit, manche brauchten das Chaos, andere die Ordnung. Er war nicht so verknöchert, das nicht anzuerkennen. Nur leider hatte das Chaos, im Gegensatz zur Ordnung, die unliebsame Tendenz, sich unweigerlich auszubreiten, wenn man es nicht tagtäglich eindämmte.

Nach einer Weile legte Lena ihren Stift weg. »Mein Verhalten von heute Morgen ist eigentlich unentschuldbar, weil es unprofessionell war«, sagte sie mit offenem Blick.

»Machen Sie sich keine Gedanken«, entgegnete Holzknecht, »das bin ich gewöhnt.« Sein Zorn war in der Tat verflogen. Vielleicht auch, weil er für weibliche Reize nicht unempfänglich war. »Viel mehr Sorgen macht mir«, fuhr er fort, »dass der Erfolg des Unternehmens von der Tagesform einer einzigen Person abhängt. Was ist, wenn Sie krank werden?«

Als habe ihr Körper dies zum Stichwort genommen, fuhr ohne Vorwarnung ein heftiger Schmerz durch Lenas Unterleib. Sie wankte, hielt sich an einer Stuhllehne fest. »Ich fürchte … das bin ich schon …«, presste sie unter Qualen hervor.

Dr. Holzknecht sprang herbei. »Was ist mit Ihnen?«

»Ich muss zum Arzt«, sagte sie unter Stöhnen.

»Soll ich den Notarzt rufen?«

»Nein. Aber … wenn Sie meine Tasche nehmen würden …«

Wilfried Holzknecht holte die Tasche und stützte Lena auf dem Weg nach unten. Immer wieder verzerrte sich ihr Gesicht unter den Schmerzen. Bis zum Auto kam es ihr unendlich weit vor. Holzknecht half ihr hinein, dann fuhren sie zur Klinik.

112

Birgit wusste den Anruf zuerst nicht zu deuten. Was wollte Wilfried Holzknecht nach Feierabend noch von ihr? Was redete er von Lena Czerni und von Klinik? So aufgeregt hatte sie den sonst so aufgeräumten Mann noch nie erlebt. Aber schließlich verstand sie, worum es ging. Er hatte Lena wegen irgendeiner Sache ins Krankenhaus gebracht. Birgit erschrak. Wahrscheinlich hatte es mit der Schwangerschaft zu tun.

Sofort verließ sie das Haus und fuhr zur Klinik. Holzknecht hatte ihr gesagt, auf welcher Station sie liegen würde. Als sie eintraf, redete er gerade auf einen Arzt ein, der jedoch immer nur den Kopf schüttelte. Seine angespannte Miene hellte sich bei Birgits Anblick auf.

»Was ist mit Lena?«, wollte sie sofort wissen.

»Man will es mir nicht sagen«, entgegnete Holzknecht aufgebracht. »Aber wenigstens darf man jetzt zu ihr.«

»Ich mache das, Herr Doktor«, sagte Birgit und schob sich zwischen ihn und die Tür des Krankenzimmers. Er hatte nämlich schon einen Schritt darauf zugemacht.

»Aber …«

Er sah sie enttäuscht an.

»Bitte«, drängte Birgit.

Schließlich gab er nach und ging davon. An der Tür am Ende des Flures drehte er sich noch einmal um, doch Birgit war schon im Zimmer verschwunden. Seine Anteilnahme für Lena Czerni befremdete ihn nun selbst ein wenig. Eigentlich konnte er doch froh sein, die Verantwortung in Hände abgegeben zu haben, die in diesen für ihn ohnehin so unangenehmen zwischenmenschlichen Dingen mehr Feingefühl besaßen.

Birgit sah Lena auf der Bettkante sitzen. Sie zog sich gerade die Bluse an. »Was ist passiert?«, fragte sie.

»Aus der Traum«, entgegnete Lena, die noch immer tapfer lächelte, obwohl sie am liebsten laut losgeheult hätte. »Eileiterschwangerschaft. Was für ein entsetzlicher Name für ein ungeborenes Kind.« Es gelang ihr nicht länger, ihre Tränen zurückzuhalten. Sie sank in Birgits ausgebreitete Arme und konnte nur noch schluchzen. Seit dem Tod ihrer Mutter hatte sie sich nicht mehr so elend gefühlt. Ihr war, als breche eine ganze Welt zusammen.

Birgit streichelte sie tröstend über ihren Rücken. Sie wünschte, sie hätte Lena etwas von diesem Schmerz abnehmen können. Aber sie genoss auch die Nähe, die aus all diesem Schmerz und Unglück zwischen ihnen erwuchs.

Findelkind

Nach einer Reihe sonniger Tage wurde das Wetter über Nacht schlechter. Tief hängende Wolken zogen über den Himmel und verwandelten ihn in ein graues Meer. Lena schien es, als verhülle der Himmel sein Angesicht, um diesem besonderen Tag seine Reverenz zu erweisen. Es war der Todestag ihrer Mutter.

Obwohl sie wusste, dass Birgit sie dringend in der Boutique erwartete, machte Lena auf dem Weg in die Augsburger Innenstadt einen Abstecher zum Friedhof. An einem Blumenladen hielt sie kurz an und kaufte einen Strauß weißer Rosen.

Am Grab ihrer Mutter überkam sie eine tiefe Trauer über ihren viel zu frühen Tod. Hinzu kam der Verlust ihres ungeborenen Kindes. »Ach, Mama«, seufzte Lena, »wenn du nur bei mir wärst.« Tränen liefen über ihre Wangen.

Lena hätte nicht geglaubt, dass die Trauer über das

unglückliche Ende ihrer Schwangerschaft sie so lange begleiten würde. Was hatte sie von dem Kind schon gespürt, außer dieser unsäglichen Übelkeit? War es nicht sogar besser so? Denn hätte die Verantwortung für ein Kind *und* einen Betrieb sie nicht überfordert? Wäre bei diesem Interessenkonflikt nicht schon bald eine Seite zu kurz gekommen oder vielleicht sogar alle beide? – So redete die Vernunft. Doch das Gefühl sagte ihr, dass etwas Unwiederbringliches verloren sei.

Lena stellte die weißen Rosen in eine Vase auf dem Grab, in die sie zuvor frisches Wasser gefüllt hatte. Die Tränen versiegten allmählich. »Tschüss, Mama«, sagte sie zum Abschied. »Du fehlst mir mit jedem Tag mehr.« Sie wandte sich um und verließ mit eiligen Schritten den Friedhof.

In der Boutique wartete Birgit ungeduldig auf sie. Der Laden sollte umdekoriert, die Fotos der neuen Kollektion aufgehängt werden. Birgit wusste, wie penibel Lena in gestalterischen Fragen sein konnte und hatte darum nichts ohne sie entschieden. Trotz der Hektik fiel ihr Lenas schwermütige Stimmung sofort auf. Sie hatte seit dem Ende der Schwangerschaft viel Zeit mit ihr verbracht, hatte sogar in der Villa übernachtet, um immer da zu sein, wenn sie gebraucht worden wäre, und dabei ein sensibles Gespür für Lenas Stimmungen entwickelt.

»Stimmt was nicht mit dir?«, fragte sie nun.

»Heute ist der Todestag meiner Mutter«, erklärte Lena. Sie hatte schon wieder einen Kloß im Hals.

Birgit seufzte mitfühlend. »Wieso hast du nichts gesagt?«, fragte sie vorwurfsvoll. »Du bist heute Morgen einfach verschwunden.«

»Du hast dich in letzter Zeit so viel um mich gekümmert und da dachte ich …«

»Was immer du dachtest«, sagte Birgit nachdrücklich, »es ist falsch. Was ich getan habe, habe ich gerne getan.« Und nicht ganz uneigennützig, hätte sie hinzufügen können, denn auch Birgit hatte ein Bedürfnis nach der Nähe und Zuneigung Lenas, warum, das wusste sie allerdings nicht so genau. »Wenn du nichts dagegen hast, würde ich ganz gerne noch eine Weile in der Villa bleiben. Das ist mir viel lieber, als mit Vater und Hedda rumzusitzen.«

Lena sah sie erstaunt an. Das kam völlig überraschend, hatte sie doch das Gefühl gehabt, sie ginge Birgit mit ihren oft wechselnden Stimmungen auf die Nerven. Um so erfreuter war sie nun. »Von mir aus kannst du gerne in die Villa einziehen«, sagte sie lächelnd.

Die ganze Zeit schon beobachtete Lena aus den Augenwinkeln ein Mädchen, das zwischen Kleiderständern und Regalen umherschlenderte und mit kritischem Blick mehrere Oberteile aussuchte, um sie in die Umkleidekabine mitzunehmen. Ihre Frisur sah ziemlich wild aus, ein Bad hätte ihr bestimmt nicht geschadet und ihre reichlich heruntergekommene Kleidung hätte einen so stilsicheren Geschmack, wie sie ihn bei der Auswahl der Teile für die Anprobe an den Tag legte, nicht vermuten lassen. Lena kannte diese Art Herumtreiberinnen. Sie war selbst mal eine gewesen. Und deshalb wusste sie auch, dass Vorsicht geboten war.

Ihr Misstrauen war berechtigt. Als das Mädchen wieder aus der Umkleidekabine kam, ließ es drinnen nur

117

leere Kleiderbügel zurück. Dafür war seine vorhin offene Jeansjacke jetzt zugeknöpft. Schnelle Blicke nach links und rechts, dann strebte sie zügig auf den Ausgang zu.

Birgit bedankte sich gerade wortreich bei Lena, weil sie vorläufig in die Villa ziehen konnte, als Lena sie mit einem raschen »Entschuldige mich« unterbrach und dem Mädchen nachlief.

Sie stellte die Diebin vor dem Laden, wo sie gerade ihr Fahrrad aufschloss. Sie tippte ihr auf die Schulter, das Mädchen fuhr herum und sah sie erschrocken an.

»Machst du mal deine Jacke auf?«, fragte Lena. Das Lächeln in ihren Mundwinkeln passte nicht zu der Strenge in ihrer Stimme. »Ich will nur wissen, wie viele Klamotten du darunter trägst.«

»Keine Ahnung, wovon Sie reden«, tat das Mädchen ahnungslos, während seine Wangen sich röteten.

»Weißt du, wer ich bin?«

Als die Diebin, diesmal wirklich ahnungslos, den Kopf schüttelte, deutete Lena auf das Poster im Schaufenster. Das Mädchen schaute zwischen dem Bild und Lena hin und her. »Sie sind Lena?«

»Was hältst du davon, wenn wir die Sache mit den Klamotten bei einem Espresso klären«, schlug Lena vor. »Oder ziehst du die Bekanntschaft mit unserem Hausdetektiv vor?«

Das Mädchen schüttelte erneut und diesmal sehr vehement den Kopf. An Lenas Seite ging es wieder in die Boutique, wo es sogleich in die Umkleidekabine geschickt wurde, um die gestohlenen Sachen auszuziehen.

Lena fühlte eine seltsame Zuneigung zu der Diebin. War sie mit sechzehn nicht genauso gewesen? Tagelang war sie rumgezogen, während ihre Mutter geglaubt hatte, sie sei in der Schule. Nur mit einem Unterschied: Sie hatte ein Zuhause gehabt, in das sie immer wieder hatte zurückkehren können. Allem Anschein nach hatte dieses Mädchen keine solche Zuflucht.

Nach einer Weile kam es mit den gestohlenen Sachen in der Hand aus der Umkleidekabine. »Du hast keinen schlechten Geschmack«, sagte Lena.

»Die Teile sind ganz okay«, entgegnete die Diebin selbstbewusst. »Aber dieses Top hätte ich um ein paar Zentimeter kürzer gemacht.«

»Nabelfrei?«, fragte Lena erstaunt. »Das ist doch längst wieder out.«

»Ich meine doch nicht vorne. Hinten. Und schräg. So etwa.« Sie zeigte es an dem Teil. »Und die Hose hätte ich an der Hüfte tiefer angesetzt.«

Lena nahm die Hose, betrachtete sie und strich sich nachdenklich eine widerspenstige Strähne ihres blonden Haares hinter das Ohr. Das Mädchen hatte Recht. Plötzlich wusste Lena, was sie an dieser Hose schon immer gestört hatte. Ihre Augen verengten sich, als sie die Teenagerin anschaute. Ein sicheres Zeichen, dass in ihrem Inneren etwas vorging, ein Einfall zu einem Entschluss reifte. Schließlich winkte sie eine Verkäuferin heran und bat sie darum, die Sachen, die die Diebin noch in der Hand hatte, für sie einzupacken. Das Mädchen machte große Augen. Mit einer solchen Wendung hatte es nicht gerechnet.

Birgit hatte die Szene mit Erstaunen beobachtet. Nun kam sie herbei, nahm Lena beiseite und fragte, was sie damit bezwecke. »Das weiß ich selbst noch nicht so ganz genau«, entgegnete Lena vage. Dann verließ sie mit dem Mädchen den Laden.

»Deine Sachen holen wir später ab«, erklärte Lena. »Wie heißt du eigentlich?«

»Angela.« Sie legte den Kopf schräg und sah Lena misstrauisch an. Ihre Erfahrung auf der Straße hatte sie gelehrt, dass man sich vor Menschen, die zu freundlich waren, ganz besonders in Acht nehmen musste. »Mal ehrlich: Was soll das? Was willst du von mir?«

Lena zuckte die Schultern. »So genau weiß ich das selbst nicht, aber ...«

»Scheiße!«, fiel ihr Angela ins Wort und machte ein paar eilige Schritte nach vorne, blieb dann stehen, stemmte die Arme in die Hüften und sah sich nach allen Seiten um. Lena glaubte schon, sie wolle erneut ausbüchsen. Erst da begriff sie. »Dein Fahrrad?«

Angelas Zorn verdampfte rasch und schien einem Desinteresse zu weichen. Schließlich lachte sie. »War sowieso geklaut.«

Obwohl Lena das eigentlich nicht lustig fand, konnte sie sich ein Lächeln nicht verkneifen. »Was hältst du davon, wenn wir den Espresso vergessen und stattdessen zu mir fahren und ein wenig reden?«, fragte Lena. »Dort könntest du auch was essen und ein Bad nehmen.«

»Klar, warum nicht?«, tat Angela gleichgültig, obwohl die Aussicht auf einen gefüllten Magen sie erfreute.

Auf der Fahrt zur Firma sahen sich die beiden immer wieder aus den Augenwinkeln an. Während Angela nicht so recht wusste, was sie von Lena halten sollte, wuchs in Lena zunehmend das Gefühl, einen Rohdiamanten gefunden zu haben, aus dem sich mit dem richtigen Schliff ein Brillant machen ließe.

Aus großen Augen betrachtete Angela die Backsteingebäude auf dem Firmengelände. »Hier wohnst du?«, fragte sie, als der Wagen vor der Schranke zum Stehen kam.

Lena schüttelte den Kopf und deutete in Richtung der Villa. »Da drüben wohne ich.«

»Nicht schlecht.«

Kunze lächelte freundlich und öffnete den Schlagbaum. Als Lena losfuhr, sah sie im Rückspiegel Wilhelms blauen Mercedes nahen. War schon eine Weile her, dass sie länger mit ihm gesprochen hatte. Aber jetzt hatte sie leider auch keine Zeit.

Wilhelm war zu Hause mal wieder die Decke auf den Kopf gefallen. Außerdem hatte er Nachricht von Roland – eine Postkarte aus Griechenland – und niemanden, dem er davon hätte erzählen können. Offiziell war er zwar wie August Meyerbeer Mitglied des Aufsichtsrates, aber de facto regelte August das meiste alleine und seit er Wilfried Holzknecht angestellt hatte, traf er seine Entscheidungen fast nur noch zusammen mit dem neuen kaufmännischen Leiter. Eigentlich war es Wilhelm ganz recht, nicht allzu sehr mit Firmenangelegenheiten belästigt zu werden. Doch wenigstens auf dem Laufenden wollte er sein. Gerade jetzt vor dem geplanten Börsengang hatte er das Gefühl, dass sich hinter seinem Rücken eine beunruhigende Geschäftigkeit abspielte. Nur gelang es ihm nicht, darüber etwas Genaues zu erfahren.

Wenn jemand über die neuesten Firmeninterna Bescheid wusste, dann war das zweifellos Marion. Sie wirkte ziemlich beunruhigt, als Wilhelm das Vorzimmer betrat, was seinen Verdacht noch erhärtete. »Dr. Holzknecht und Herr Meyerbeer beraten schon seit über einer Stunde«, erklärte sie besorgt. »Und vorhin hat Herr Meyerbeer mir das hier diktiert, um es ans schwarze Brett in der Kantine zu hängen.« Sie reichte Wilhelm einen Zettel.

»Wir freuen uns, Ihnen mitzuteilen«, las er halblaut, »dass die *Althofer Czerni Fashion* unter dem Symbol *ACF* ab dem 30.4. offiziell an der Börse in Frankfurt gehandelt werden wird.« Wilhelm hielt inne und sah Marion erstaunt an. »Im Börsenprospekt steht ein ganz anderer Termin.«

Marion zuckte die Schultern.

Der Börsengang verschoben? Wieso informierte man ihn nicht wenigstens über eine so wichtige Entscheidung, wenn man ihn schon nicht einbezog? Wilhelm war verärgert und entschlossen, die Sache sofort zu klären.

Mit kraftvollem Auftritt platzte er in die Besprechung der beiden Männer, die bei all der Geheimniskrämerei den Anschein des Konspirativen erweckte. Dr. Holzknecht saß auf Wilhelms Platz, als wäre dies das Selbstverständlichste von der Welt. Wilhelm musste ihn schon sehr streng ansehen, bis er den Sessel räumte. »Wieso wurde der Emissionstag verschoben?«,

122

fragte Wilhelm, während er sich niederließ. »Und wieso weiß ich nichts davon?«

Meyerbeer und Holzknecht tauschten einen Blick. »Sag es ihm, Wilfried.«

Der kaufmännische Leiter erklärte, dass der Emissionstag für die Aktien nach wie vor der Dreizehnte sei, dass die Verbreitung des falschen Termins einzig und allein dazu diene, Spekulanten, die den Kurs zu ihren Gunsten manipulieren wollten, in die Irre zu führen. Man habe von einem Fonds namens *Transglobal* in Liechtenstein erfahren, hinter dem sich, wie vermutet werden dürfe, einige Personen aus dem Althofer'schen Umfeld verbargen.

Mit fassungslosem Erstaunen hatte Wilhelm bis hierher zugehört. »Aber das kriegen die doch raus«, wandte er ein. »Die müssen nur bei der Emissionsbank in Frankfurt nachfragen und schon platzt der Schwindel.«

Meyerbeers kleiner Mund formte ein spitzbübisches Lächeln, seine Finger strichen über das graue Bärtchen, die Augen funkelten – alles Anzeichen, dass er noch so manchen Trumpf im Ärmel hatte. »Herr Wallraff von der Emissionsbank ist instruiert«, sagte er pfiffig. »Wir spielen zusammen Golf. Er mit Handicap achtzehn.«

Das erklärte alles.

»Und die Mitarbeiter?«, fragte Wilhelm. Er wusste, dass Kunze, der den Millionengewinn der betriebsinternen Tippgemeinschaft verwaltete, das Geld in Firmenaktien investieren wollte. Meyerbeer hob unschuldig die Hände. »Ein bedauerlicher Tippfehler von Frau Stangl.«

»Pst!«, machte Holzknecht nun, da die beiden zunehmend lauter geworden waren, und wies mit einer
Bewegung des Kopfes zur Tür. Marion Stangl wäre die
erste Sekretärin gewesen, die nicht lauschte. Leise trat
er an die Tür und riss sie überraschend auf. Nichts. Sie
war gar nicht da.

Die besorgte Sekretärin hatte schon vorher mitbekommen, was gespielt wurde und war aufgeregt zu
Ewald Kunze an die Pforte gelaufen, um ihm alles
brühwarm weiterzuerzählen. Nicht aus Klatschsucht,
sondern aus Eigeninteresse, gehörte sie doch ebenfalls
zu der erfolgreichen Tippgemeinschaft.

Kunze konnte ihre Aufregung nicht teilen, rieb sich
nur das Kinn. Kein dummer Schachzug, dachte er und
beruhigte Marion. »So lange wir den richtigen Termin
kennen, ist alles bestens«, versicherte er ihr. Ihr Gespräch wurde abrupt unterbrochen. Felix Althofers
Porsche fegte rasant um die Ecke und bremste scharf
vor der Schranke. Kunze trat an sein Wagenfenster.
»Wissen Sie schon das Neuste?«, sagte er, wobei er sich
ein süffisantes Lächeln nicht verkneifen konnte, denn
man musste kein Hellseher sein, um zu wissen, dass Felix Althofer hinter der versuchten Kursspekulation
steckte. »Der Börsengang wurde auf den Dreißigsten
verschoben.«

Felix horchte auf. Doch er ließ sich seinen Schrecken
nicht anmerken, zuckte nur die Schultern und fuhr
dann unter dem hochfahrenden Schlagbaum hin-
durch. Am Eingang zur Verwaltung kam ihm sein Vater entgegen. »Was höre ich da?«, fragte Felix. »Der
Börsengang wurde verschoben?«

Wilhelm sah ihn prüfend an, ohne etwas zu sagen. Neben Enttäuschung und Misstrauen lag auch Bedauern in seinem Blick. Am liebsten hätte er seinen Sohn geradeheraus auf seine geheimen Pläne angesprochen, doch Meyerbeer hatte ihm das strengstens verboten. Deshalb sagte er schließlich nur: »Wieso interessiert dich das? Du wolltest dein Geld doch ohnehin nicht in Firmenaktien investieren.«

»Nun sag schon«, verlangte Felix ungeduldig.

Wilhelm schüttelte bloß den Kopf. »Was ist nur mit dir los? Deine Einstellung zur Firma und zum Leben haben sich in letzter Zeit völlig verändert.«

Felix wandte sich ab. Er hatte keine Lust, sein turbulentes Leben ausgerechnet jetzt zu erörtern, und schon gar nicht mit seinem Vater. »Mach dir mal keine Sorgen«, entgegnete er nur. »Ich bin nicht Roland. Ich bin Felix, das Stehaufmännchen.« Wilhelm glaubte aus seinem Optimismus eine Spur Verzweiflung herauszuhören.

Felix wollte schon weiter, doch sein Vater hielt ihn zurück. »Roland hat sich gemeldet«, sagte er, holte auch schon die Postkarte aus der Innentasche seines Sakkos und hielt sie Felix hin. »Er ist in Griechenland.«

Wie langweilig, dachte Felix. Roland war sich in seinen Augen treu geblieben, er konnte eben nicht aus seiner Haut, egal wie sehr er es wollte. Ihm wäre da schon etwas weniger Spießiges eingefallen. Trotzdem trat etwas wie Sehnsucht in seinen Blick, je länger er das Motiv auf der Postkarte betrachtete: eines dieser typischen weißgetünchten griechischen Häuser, dahinter das von einem Sonnenuntergang blutrot gefärbte Meer.

Muss Liebe schön sein, dachte Dieter Lausitz und steckte süffisant lächelnd sein Handy ein. Er saß in einer Cocktailbar in Augsburg und wartete auf die Investoren seines Liechtensteiner Fonds. Auf dem Weg zum Flughafen hatte ihn ein nervös klingender Felix angerufen und mitgeteilt, der Emissionstermin sei überraschend verschoben worden. Dr. Lausitz hatte die Wartezeit genutzt, um Kontakt zu Silke aufzunehmen, die ihm auf die Mailbox gesprochen und dringend um Rückruf gebeten hatte. Er hätte den Zeitpunkt dafür kaum besser wählen können.

Silke hatte Roland zwar noch nicht gefunden, wie sie Lausitz berichtete, aber eine heiße Spur: In Griechenland hatte sie von einem Mädchen erfahren, dass sie Einkäufe für einen Deutschen mache, der zurückgezogen in einem bescheidenen Häuschen unweit der griechischen Hafenstadt Volos in Thessalien wohnte. Im Moment verfolgte sie die Botin gerade in einem Taxi. Doch nicht deshalb hatte sie Lausitz sprechen wollen, sondern weil ihr Geld allmählich zu Ende ging und ihr Konto hoffnungslos überzogen war. Ohne Scheu bat sie ihn, ihr Bankkonto, von dem die Belastungen der Kreditkarte abgebucht wurden, aufzufüllen.

Lausitz nahm es mit Humor und versprach, das zu erledigen. Er wünschte ihr bei ihrer Suche sogar Glück. Wieso auch nicht? Liebe hin oder her, für ihn war es eine ausgemachte Sache, dass Silke das Interesse an Roland schnell wieder verlieren würde, sobald sie ein wenig Zeit mit ihm verbracht hatte. Was konnte ein Langweiler wie er ihr schon bieten außer sentimentaler Romantik und Selbstmitleid? Irgendwann würde ihr klar werden, dass er, Dieter Lausitz, der einzig Richtige für sie war. Insofern war das Geld, mit dem er sie unterstützte, eine Investition für die eigene Zukunft.

Kaum hatte Lausitz das Telefongespräch beendet, kam Andreas Straubinger in die Bar, sah sich kurz um und ging dann zielstrebig zu Lausitz' Tisch. Die Begrüßung fiel kurz und förmlich aus. Der Anwalt erklärte, er habe sofort bei der Emissionsbank in Frankfurt angerufen, doch der zuständige Herr dort habe sich bedeckt gehalten.

»Da ist was faul«, befand Lausitz.

Straubinger nickte. Dann berichtete er von seinen vergeblichen Bemühungen, Cornelia zum Einsteigen in den dubiosen Investitionsfond zu überreden. Roland, den er auch für diese Aktion gewinnen wolle, habe er noch nicht ausfindig gemacht. Je mehr Geld zusammenkam, desto besser ließ sich der Kurs manipulieren. »Leider habe ich nichts in Erfahrung gebracht«, teilte der Anwalt mit. »Und Wilhelm Althofer nach ihm zu fragen, wäre zu riskant.«

Lausitz pflichtete ihm bei und verschwieg, was er eben von Silke erfahren hatte. Es war immer von Vorteil, mehr zu wissen als die anderen, selbst wenn sie Partner waren.

Ungeduldig blickten die beiden Männer zur Tür. Wo blieb Felix Althofer nur? Lässig eine Hand in der Hosentasche, schlenderte dieser einige Minuten später ins Lokal, sein strahlendstes Sunnyboy-Lächeln auf den Lippen. Am Telefon hatte er noch sehr angespannt auf Dr. Lausitz gewirkt, doch jetzt war er die Ausgeglichenheit in Person.

Er nahm Platz und bestellte schon mal Champagner. Dann erzählte er, wie er von dem neuen Termin für den Börsengang erfahren hatte. Über die Gründe freilich vermochte er nichts zu sagen. Deshalb kam Dr. Lausitz zum eigentlichen Grund des Treffens. »Kann ich über das Geld verfügen?«, fragte er.

Dr. Straubinger klappte seinen Aktenordner auf und holte mehrere Kopien eines Formulars heraus. Vollmachten, die Lausitz erlauben würden, das Geld der Anleger in den Fond einzuzahlen und die Aktien zu erwerben. Straubinger unterzeichnete als Erster. Dann war Felix an der Reihe. Ein Formular nahm er für Hedda mit, die keine Zeit gehabt hatte, zu dem Treffen zu kommen.

Lausitz hatte die Vollmachten gerade eingesteckt, als der Champagner in einem mit Eis gefüllten Kübel gebracht wurde. Unter den missliebigen Blicken von Andreas Straubinger ließ Felix den Korken knallen. Übermütig schäumte das Getränk aus der Flasche. Als er dem Anwalt eingießen wollte, hielt dieser die Hand über das für ihn bereitgestellte Glas.

»Aber so was muss doch gefeiert werden«, lachte Felix.

»Damit es auch bestimmt ganz Augsburg mitbekommt«, versetzte Straubinger vorwurfsvoll. »Für das Gelingen unseres Vorhabens wäre es von Vorteil, wenn man uns so wenig wie möglich zusammen sieht.« Um die Ernsthaftigkeit seiner Bedenken zu unterstreichen, stand er auch sogleich auf und verließ die Bar.

Die beiden anderen ließen sich davon nicht beeindrucken. Lausitz hob sein Glas. »Auf die *ACF*«, sagte er.

Dumpf klangen Angelas Kakaotasse und Lenas Wasserglas zusammen und besiegelten damit die eben getroffene Vereinbarung. Lena hatte Angela bei einem üppigen Mittagessen in der Kantine nicht nur eingeladen, bei ihr in der Villa zu wohnen, sondern auch als Trend-Scout für sie zu arbeiten. Mangels einer anderen Perspektive hatte Angela zugesagt, sie hatte das Leben in der WG, in der sie untergeschlüpft war, ohnehin satt, oder vielmehr: Die anderen hatten sie satt und drohten schon seit längerem mit ihrem Rausschmiss. Und wenn sie keine Lust mehr hatte, würde sie das Ganze eben hinschmeißen, wie so vieles andere in ihrem Leben.

Die ganze Zeit schon hatte Lena Angela von ihrer Arbeit erzählt, beseelt von einer Begeisterung, die immer deutlicher etwas Werbendes annahm. Angela war sensibel für solche Zwischentöne. Sie begriff rasch, dass Lena sie für sich und ihre Arbeit einnehmen wollte. Deshalb hatte sie das Angebot, das sie ihr dann machte, kaum mehr überrascht. Nur eines war für sie nach wie vor völlig rätselhaft: Was trieb Lena dazu, eine Wildfremde von der Straße aufzulesen und ihr einen Job und ein Zuhause anzubieten? Noch dazu eine Ausreißerin, die selbst nicht unschuldig daran war, dass in ihrem Leben so viel schief gelaufen war. Die einzige Antwort, die Lena auf diese Frage für sie parat gehabt hatte, war gewesen: »Du erinnerst mich daran, wie ich früher einmal war.« Das klang in Angelas Ohren viel zu sentimental, um die ganze Wahrheit zu sein.

Nach dem Mittagessen brachte Lena Angela in die Villa. Das Mädchen staunte nicht schlecht. Es betrachtete Lenas Zeichnungen und Entwürfe und hatte für alles bewundernde Worte. Am meisten aber gefiel ihr die kreative Aura, die der Raum ausstrahlte. Da Lena zu tun hatte, blieb keine Zeit für eine große Führung durch die Kreativabteilung ihrer Firma. Sie ließ Angela ein Bad nehmen, legte ihr saubere Sachen heraus und wandte sich dann ihrer Arbeit zu.

Doch sie sollte nicht lange ungestört bleiben. Cornelia kam überraschend zu Besuch. Diesmal war es jedoch mehr als nur ein Höflichkeitsbesuch. Obwohl Cornelia eine Weile um den heißen Brei herumredete, erkannte Lena rasch, dass sie ihr etwas sagen wollte.

»Andreas wird mich umbringen, wenn er erfährt, dass ich dir …« Sie brach mitten im Satz ab.

»Was?«, fragte Lena.

Cornelia sah sie an. Der Kampf, der eben schon beinahe entschieden gewesen war, hob erneut an. Schließlich fasste sie sich ein Herz und wischte alle Bedenken fort. »Ich finde einfach, du solltest es wissen«, sagte sie, »aber du musst mir versprechen, dass niemand erfährt, woher du es hast.«

Lena sicherte dies zu. Was für eine Intrige wird jetzt wohl wieder ausgeheckt, dachte sie.

»Es geht um die Aktien«, sagte Cornelia. »Der Kurs soll manipuliert werden.«

»Felix?«, fragte Lena nur.

»Er, Hedda und leider auch Andreas.«

Sprachlos wandte Lena sich ab und ging zum Fenster. Ihr Herz schlug bis zum Hals. Die Ränke, die hinter ih-

130

rem Rücken geschmiedet wurden, waren ihr im Grunde egal. Sollten sie sich alle eine goldene Nase verdienen. Damit konnte sie leben. Auch an Macht lag ihr nur insoweit, als sie dazu diente, ihre kreativen Vorstellungen zu verwirklichen. Doch wenn sie Cornelia recht verstanden hatte, waren die Profiteure dabei, die Firma und damit ihre Arbeit mit irgendwelchen Aktienmanövern aufs Spiel zu setzen. Lena bereute beinahe schon, dem Börsengang überhaupt zugestimmt zu haben.

Ehe Lena etwas sagen konnte, trat Angela in die Tür. Sie trug einen Bademantel und hielt die Sachen, die Lena ihr hingelegt hatte, in der Hand. »Hast du nichts anderes?«, fragte sie. »Eine Jeans und ein altes Hemd? Auf solche Klamotten steh ich nämlich nicht.«

Cornelia sah das Mädchen erstaunt an. »Ich wusste nicht, dass du Besuch hast«, sagte sie. Sie nahm Angelas Erscheinen zum Anlass, sich zu verabschieden. Lena brachte sie zur Tür und ließ sie nicht gehen, ehe sie sich nicht für ihre Offenheit bedankt hatte. »Ich weiß, wie schwer das für dich gewesen sein muss.« Das Lächeln auf Cornelias Lippen ließ keinen Zweifel daran, wie wichtig diese Anerkennung für sie war.

Nachdem Angela sich angezogen hatte, zeigte Lena ihr den gesamten Betrieb. Sie lernte Emma, Natalie und Waltraud kennen. Lena tat so, als bemerkte sie nicht, wie Waltraud distanziert blieb und die Neue mit völliger Skepsis betrachtete. Sie glaubte, das Richtige zu tun, und dass Angela in der Näherei spontan ein paar sehr kluge Verbesserungsvorschläge für einige der Modelle machte, schien sie in dieser Annahme zu bestätigen.

Trotzdem kam Lena um die gefürchtete Auseinandersetzung mit Waltraud nicht herum. Da sie es so schnell
wie möglich hinter sich bringen wollte, bat sie Natalie,
Angela durch die Fertigungshallen zu führen und
kehrte dann zurück in die Höhle der Löwin.

Waltraud sah sie mit ihrem unnachahmlichen Blick
an, zog dabei eine Braue hoch und sagte schließlich:
»Was soll das denn bedeuten? Wer ist das Mädchen
überhaupt?«

In wenigen Worten schilderte Lena ihre Begegnung
mit Angela in der Boutique, unterschlug dabei aber die
Tatsache, dass sie das Mädchen beim Stehlen ertappt
hatte. »Sie hat Talent«, schloss sie.

»Was du nicht sagst. Und als was?«

Manchmal fand Lena Waltraud einfach unaussteh-
lich. Wieso musste sie die Dinge immer so nüchtern sehen? Wenn man es nur mit dem Verstand betrachtete,
war es natürlich eine Dummheit, eine Streunerin zu
sich zu nehmen, ihr Wohnung und Arbeit zu bieten.
Aber es gab auch noch so etwas wie Gefühl und Intui-
tion. Der Bauch sagte ihr nach wie vor, dass sie das
Richtige tat.

»Ich brauche jemand im Teenageralter«, erklärte sie,
»einen Trend-Scout. Ich selbst komme ja hier kaum
raus und hab keine Lust, mir die Nächte in Bars und
Diskos um die Ohren zu schlagen, um zu wissen, was
in der Szene gerade aktuell ist.«

Mit dem undurchdringlichen Blick einer Sphinx sah
Waltraud Lena an. Lena fühlte sich dadurch in die
Enge getrieben. »Ich hab das auch mal gemacht«, er-
klärte sie. »Eine Firma wie wir braucht so was.«

132

Waltraud zuckte die Schultern. »Du bist die Chefin.«
Sie nahm ein Notizblatt und einen Kugelschreiber.
»Um ihre Akte anzulegen, brauche ich ein paar Anga-
ben: vollständiger Name? Adresse? Krankenkasse?«

»Angela Materna.« Jetzt kam der schwierige Teil. Lena
tat so, als betrachte sie ein paar Schriftstücke, die in Waltrauds Ablagekorb lagen, und nuschelte dabei: »Adresse
hat sie noch keine. Sie wohnt einstweilen bei mir.«

Waltraud blickte auf und ließ demonstrativ den Stift
fallen. Also doch! Sie hatte es sich gedacht, dass an diesem jungen Ding etwas faul war, megafaul, wie man es
in deren Altersklasse wohl ausdrücken würde. »Du
hast sie auf der Straße aufgelesen?«, fragte sie ungläubig.

»Sie ist von zu Hause ausgerissen, weil sie Probleme
mit dem Freund ihrer Mutter hat.«

Waltraud hatte genug gehört. War Lena wirklich so
dumm, dem Mädchen diese Geschichte abzukaufen?
Aber darauf kam es gar nicht an. Viel wichtiger war:
Wusste Lena über ihre eigenen Motive Bescheid? Waltraud stand auf und trat vor sie hin. »Willst du die Wahrheit hören?«, fragte sie.

»Das kannst du dir sparen«, versetzte Lena trotzig
und wandte sich ab. »Ich weiß schon ganz genau, was
ich tue! Und Angela wird der Firma gut tun!«

Ausreden, nichts als Ausreden, dachte Waltraud. Sie
hatte nichts dagegen, eine Dummheit zu begehen.
Aber man sollte sich nie über die eigenen Beweggrün-
de täuschen. »Die Wahrheit ist doch«, sagte sie kühl,
aber nicht unbarmherzig, »dass du ein Kind verloren
hast und dir jetzt eins von der Straße holst.«

Lena wandte sich ihr wieder zu. Sie spürte ein dumpfes Pulsieren in ihrem Bauch. Ihre Wangen röteten sich. »Also ehrlich«, sagte sie schwach. »Angela ist doch kein Kind mehr. Und außerdem …«

»Ja?«, fragte Waltraud, als auch nach Sekunden nichts kam.

»Außerdem ist das meine Sache.«

»Wenn es so ist.« Waltraud kehrte zurück an ihren Schreibtisch und setzte sich. Sie hatte es nicht nötig, anderen Leuten ihre Meinung und ihren Rat aufzudrängen. »Entschuldige mich«, sagte sie mit beleidigtem Unterton, »aber ich habe zu tun. Und du eigentlich auch, wenn ich mir die Liste der Anrufe für dich so ansehe.«

Lena hatte verstanden. Sie ging zur Tür und war schon fast draußen, als Waltraud ihr nachrief: »Besorg dir wenigstens ein polizeiliches Führungszeugnis. Ich hab keine Lust, ständig auf meine Handtasche aufpassen zu müssen!«

Lena ließ die Tür heftig ins Schloss knallen.

Silke stieg zügig die kleine Anhöhe hinauf, um die sich die Straße herumbog. Der Taxifahrer blieb rauchend in seinem Wagen zurück. Seit einer halben Stunde waren sie nun hinter dem Mädchen auf dem Moped hergefahren. Wenn man dem Taxifahrer glauben durfte, befand sich ganz in der Nähe ein Häuschen, das an Touristen vermietet wurde. Silke hatte das sichere Gefühl, am Ziel zu sein, doch sie wollte sich erst noch einmal vergewissern.

Hinter Sträuchern versteckt ließ sie ihren Blick

schweifen. Die im Sommer karstige Landschaft war jetzt dicht bewachsen und kurz davor, sich in einer opulenten Blütenpracht zu zeigen. Obwohl es erst Anfang März war, war es schon recht warm. Das Häuschen, von dem der Taxifahrer gesprochen hatte, war in der Tat nicht mehr weit. Silke beobachtete, wie das Mädchen sein Moped dort anhielt und die Tüten vom Gepäckträger nahm. Da ging die Tür des Häuschens auf und Roland trat, bekleidet mit einem Schafwollpullover und einer weißen Hose, heraus, um ihr zu helfen. Silkes Herz machte einen Sprung.

Sie wartete, bis das Mädchen fort war, dann kehrte sie zum Taxi zurück, wo der Fahrer sie mit wachsender Ungeduld erwartete. Was tun? Sollte sie sich Roland sofort zeigen? Oder noch einmal kommen, wenn sie sich dem Anlass entsprechend zurecht gemacht hatte? Sie trug ja jetzt nur eine abgewetzte Jeans, ein altes T-Shirt und darüber eine leichte Weste.

Der Taxifahrer nahm ihr gewissermaßen die Entscheidung ab. Als er Silke den Betrag nannte, den sie ihm bisher schuldete, erkannte sie, dass sie nicht mehr genug Geld für die Rückfahrt nach Volos hatte. Deshalb bezahlte sie und schickte ihn fort.

Am Straßenrand stehend, die Reisetasche in der Hand, sah sie zu, wie er wendete und davonfuhr. Hinter einem mit Sträuchern bewachsenen Felsen wartete sie, bis auch das Mädchen auf seinem Moped fort war. Roland musste nun allein sein.

Je näher sie dem Häuschen kam, desto aufgeregter schlug ihr Herz. Es schien ihr, als verwandle sich ihr ganzer Körper in ein einziges pochendes Herz. Vor dem Haus stand eine Bank. Dort stellte sie ihre Reisetasche ab. Sie schaute durch ein Fenster nach drinnen, konnte Roland jedoch nicht sehen. Da hörte sie ein Stück abseits einen ins Rollen geratenen Stein. Sie ging um die Ecke und sah, wie Roland zum Meer hinunterging.

Silke wollte die Gelegenheit nutzen, um sich auf die Begegnung mit ihm ein wenig vorzubereiten. Da die Tür nicht abgeschlossen war, trat sie ins Haus. Eigentlich enthielt es kaum mehr als einen großen Raum und ein paar kleinere Nebenräume. Doch es wirkte in seiner Schlichtheit auf einnehmende Weise behaglich. Durch das offene Fenster drang das Rauschen des Meeres, das sich an Felsen brach. Silke konnte verstehen, warum Roland sich diesen Ort ausgesucht hatte.

Vor einem Spiegel, der über einem Waschbecken hing, frischte sie ihr Make-up auf und bürstete sich das Haar. Erst dann fiel ihr Blick auf eine Kladde, die zwischen Schreibutensilien auf einem Tisch lag. Was war das? Ein Tagebuch? Silke konnte der Versuchung nicht widerstehen und schlug es auf. Was sie da las, war eine große Überraschung.

Sohn aus gutem Hause, stand in geschwungenen Buchstaben auf der ersten Seite und: *Roman*. Erstaunt blätterte Silke weiter, las ein paar Zeilen, blätterte. Das ganze Buch war vollgeschrieben.

Plötzlich hörte sie hinter sich das Knirschen der rostigen Türscharniere und Schritte auf dem steinernen Fußboden. Sie fuhr herum. Roland stand vor ihr und sah sie mit einem Gesichtsausdruck an, als halte er sie für ein Gespenst. Sie legte das Buch beiseite und trat einen Schritt auf ihn zu. Auch ihr versagte zuerst die Stimme. »Hallo«, brachte sie schließlich nur hervor.

Roland stand noch immer regungslos da und starrte sie an.

»Es war nicht leicht, dich zu finden«, sagte Silke. »Ich geh auch gleich wieder, wenn du mich hier nicht haben willst.«

Roland schüttelte nur den Kopf, wandte sich um und ging nach draußen. Er atmete tief durch. Endlich wieder Luft. Im Haus hatte er das Gefühl zu ersticken. Ausgerechnet Silke! Das war zu viel! Was wollte sie noch? Sie hatte doch längst alles, was er gehabt hatte. Und seine Liebe, das Einzige, was er von ihr gewollt hatte, wollte sie ihm nicht geben.

Silke folgte ihm. Während er zum Meer hinabging, sprach sie zu ihm mit einem Anflug von Verzweiflung in der Stimme. Sie hatte keine Ahnung, was sie machen sollte, wenn er sie einfach wegscheuchte wie eine streunende Katze. »Lass es mich wenigstens erklären, Roland! Ich hab alles hingeschmissen. Ich arbeite nicht mehr in der Bar. Ich hab jetzt einen Job im Krankenhaus. Die Wohnung ist verkauft, das Geld hab ich deinem Vater gegeben. Sechshunderttausend, plus das Geld für das Auto. Ich möchte alles wieder gut machen, Roland, wenn es nicht zu spät dafür ist.«

Sie blieb stehen und senkte ihren Kopf. Warum sagte er nichts? Bedeutete dies, dass er sie hier in seiner Einsamkeit nicht haben wollte? Dass er sie hasste für das, was sie ihm angetan hatte? Sie hätte es nur zu gut verstanden.

Roland ging noch ein paar Schritte, dann blieb auch

er stehen. Was war plötzlich mit ihr los? Sie liebte ihn doch nicht. Sie verabscheute ihn doch. So hatte sie es ihm jedenfalls gesagt. Er wandte sich zu ihr um und sah sie an. Als er die Tränen in ihren Augen bemerkte, hatte er ihr schon fast vergeben. Als sie dann auch noch mit brüchiger Stimme sagte: »Ich liebe dich!«, war sein Widerstand so gut wie ganz gebrochen. Seine Augen wurden feucht, er konnte den Aufruhr in seinem Herzen kaum noch bezähmen.

Silke kam näher, sie streckte ihre Hand nach ihm aus, zögerte, strich ihm dann aber doch übers Haar. Sie konnte einfach nicht anders, denn ihr Herz war so übervoll von Liebe und Zärtlichkeit für ihn. »Ich hab dir so wehgetan«, sagte sie voller Bedauern. »Ich verspreche dir, dass ich das nie wieder tun werde.« Wie hätte Roland dies bezweifeln können angesichts ihrer Tränen und der Aufrichtigkeit in ihrer Stimme? Deshalb ließ er es zu, dass sie sich ihm immer weiter näherte und ihn schließlich küsste, erst auf die Wangen, dann auch auf den Mund. Er erwiderte sogar ihren Kuss und schloss die Arme um sie. Er hatte das Gefühl, mit Silke sei auch das Leben wieder zu ihm zurückgekehrt.

Felix war es gewohnt, das Leben von seiner leichten Seite zu nehmen. In letzter Zeit war ihm das jedoch zunehmend schwerer gefallen. Auch wenn er es sich nicht eingestand, die Trennung von Natalie war ebenso wenig spurlos an ihm vorübergegangen wie die Enttäuschung, die er mit Lena erlebt hatte. Um sein arg mitgenommenes Selbstwertgefühl aufzubessern, hatte er seine neue Flamme Inge zu einem Abend in seine Wohnung eingeladen, den sie, wie er versprach, so schnell nicht vergessen würde. Damit wollte er sie auch dafür entschädigen, dass es ihm nicht gelungen war, ihr bei *Althofer* einen Job zu verschaffen.

Hummer und Champagner bei Kerzenschein in der Badewanne – so stellte Felix sich den Abend vor. Eine kleine Orgie für zwei sollte es werden. Dass Inge Mitleid mit den Schalentiere hatte, die bei lebendigem Leib in kochendes Wasser geworfen wurden, störte die Harmonie anfangs ein wenig, weshalb Felix sie kurzerhand aus der Küche verbannte. »Lass uns ein Bad einlaufen«, schlug er vor, zwinkerte dann mit den Augen: »Und mach dich ruhig schon mal frei.«

Sie verschwand. Felix holte den angebrochenen Weißwein aus dem Kühlschrank, nahm einen Schluck und goss den Rest ins Wasser für die Hummer. Während er noch scheinbar fröhlich vor sich hinpfiff, spürte er, wie ihm plötzlich das Herz schwer und der Hals eng wurde. Gleichzeitig war ihm, als trete er einen Schritt hinter sich und schaue sich selbst über die Schulter. Und da wurde ihm die Vergeblichkeit seines aus bloßer Verzweiflung geborenen Tuns bewusst. Du bist der einsamste Mensch auf der Welt, flüsterte eine Stimme in ihm.

Das Wasser kochte. Felix nahm den ersten Hummer heraus, er zappelte nur ein wenig in seiner Hand. Ob er ahnte, was ihm bevorstand? Selbst wenn, es würde ihm nichts helfen. »Und tschüss«, sagte Felix und ließ ihn ins kochende Wasser fallen. »Keine Bange, mein Freund, es geht ganz schnell.« Fast beneidete Felix ihn

139

um den schnellen Tod, denn sein eigenes Leben kam ihm in diesem Moment vor wie ein langes, qualvolles Absterben.

Jetzt ist aber Schluss mit diesen depressiven Gedanken, wehrte sich der andere Felix in ihm. In der Badewanne erwartet mich eine perfekt gebaute, knackige junge Frau. Wir werden Champagner trinken und Hummer essen und Dinge tun, die anderen Leuten die Schamesröte ins Gesicht treiben würde. Welchen Grund habe ich also, deprimiert zu sein?

Als die Hummer fertig waren, brachte Felix sie zusammen mit dem Champagner auf einem Tablett ins Bad. Inge lag schon in der Wanne und blinzelte ihm verführerisch zu. Felix gesellte sich zu ihr. Nach einem kräftigen Schluck Champagner, knackte er für Inge ein Schalentier und fütterte sie mit einem Stück des weichen weißen Fleisches.

»Eigentlich sollte man das nicht im Badewasser, sondern in zerlassener Butter essen«, witzelte er.

Inge lachte.

»Und hinterher würde ich dich ablecken«, fügte er hinzu.

»Na ja, das kannst du doch auch so …«

Mit einem Mal erstarrte Felix' Miene, er spürte einen Stich in der Brust, seine Hand fuhr mit einer heftigen Bewegung in die Herzgegend.

Inge begriff sofort, dass das nicht wieder einer seiner Scherze war. »Was ist mit dir?«, rief sie besorgt aus. »Was hast du?«

Felix wurde leichenblass. »Ruf einen Notarzt«, presste er in Panik hervor. »Schnell! Mein Herz …!«

140

Inge sprang aus der Badewanne, stieß dabei versehentlich das Tablett mit den Hummern und dem Champagner ins Wasser. Sie kümmerte sich nicht darum und rannte zum Telefon. Felix verdrehte die Augen. Unerträglicher noch als der Schmerz war die Angst, dass sein letztes Stündlein geschlagen haben könnte.

Börsenfieber

August Meyerbeer strahlte über das ganze Gesicht, als er und Hedda zur Firma fuhren. Seine gute Laune hatte gleich mehrere Gründe. Heute wurde ein neues Kapitel in der Firmengeschichte aufgeschlagen. *Althofer Czerni Fashion* feierte Börsenpremiere und Meyerbeer zweifelte keine Sekunde an dem Erfolg der Aktie. Fast noch mehr freute ihn aber, dass nur ein kleiner Kreis von Eingeweihten von dem Zeitpunkt der Emission wusste. Auch seine Hedda bot ihm ein Bild ungetrübter Ahnungslosigkeit, das ihn in höchstem Maße erheiterte. Doch er hatte noch eine weitere Überraschung in petto, deren Offenbarung er mit kindlicher Vorfreude entgegensah.

Der schwarze Mercedes hatte kaum angehalten, da eilte Ewald Kunze schon an den Schlagbaum. August ließ die Fensterscheibe herunterfahren, grüßte und fragte mit geradezu hinterhältiger Freundlichkeit, ob alles in Ordnung sei.

Kunze guckte irritiert. »Inwiefern?«, fragte er.

Meyerbeer lachte laut heraus, wie über einen guten Witz. »Na, mit Ihrem Investment-Club!«, versetzte er dann.

Ein verlegenes Lächeln trat auf Kunzes Gesicht. »Wir sind am Dreißigsten dabei«, sagte er. Er fühlte sich unbehaglich.

Augusts unverwechselbares Lachen brandete erneut auf. »Hören Sie bloß auf«, sagte er. »Sie haben doch längst mitbekommen, dass es heute schon losgeht. Ihr Spion in der Chefetage wird Sie ja hoffentlich informiert haben.« Er winkte Kunze näher ans Wagenfenster, dieser folgte nur zögerlich. »Ich kann Ihnen nur raten, umgehend einzusteigen. Sonst geht der Kurs ab.« Er machte eine steil aufwärts führende Handbewegung. »Und Sie gucken in die Röhre. Ungefähr genauso betreten, wie Sie jetzt dreinschauen.«

Die Scheibe fuhr wieder hoch. Beunruhigt sah Kunze dem Mercedes nach. Er fragte sich, woher diese plötzliche Offenheit der Firmenleitung kam und wie er diesen Rat zu verstehen hatte. Im nächsten Moment ging ihm ein Licht auf. Man brauchte wohl Käufer für die neue Aktie, damit der Kurs die so eindringlich veranschaulichte Aufwärtsbewegung auch erreichen würde. Befürchtete man in der Firmenleitung also ein Absinken des Kurses? Zweifellos. Damit fühlte Kunze sich mit seiner Strategie, mit dem Kauf der Aktien noch ein wenig abzuwarten, bestätigt. Seine Miene entspannte sich. Nicht mit uns, Herr Meyerbeer, dachte er.

Kaum hatte sich das Wagenfenster geschlossen, war Hedda August heftig angegangen. »Der Börsengang ist heute?«, fragte sie empört. »Wieso erfahre ich davon nichts?«

Unschuldig sah August sie an. »Du sagtest doch, du willst nicht investieren«, entgegnete er hämisch. »Da wollte ich dich nicht mit Sachen langweilen, die dich nicht interessieren.«

Hedda unterdrückte ihre Wut. Was hätte sie auch sagen sollen? Sie musste an den armen Felix denken, der erst heute aus der Klinik entlassen werden würde. Wenn er das erfuhr, würde er sofort wieder einen Herzanfall bekommen.

Inzwischen war der Wagen vor der Villa angekommen. Mit forschen Schritten ging August zur Haustür, Hedda blieb ein Stück hinter ihm. Drinnen wurden sie von Hundegebell empfangen. Sie hatten schon gehört, dass Lena außer Birgit noch eine weitere Wohngenossin hatte, die einen Vierbeiner mit in die Wohngemeinschaft eingebracht hatte.

Auf der Treppe kam August Meyerbeer gähnend Angela entgegen. Sie war offensichtlich gerade erst aufgestanden, ihre Haare waren noch wirrer als ohnehin schon, die Augen noch ganz matt. Vor ihr stand ein Hund und bellte die Besucher an. »Gib Ruhe, Rudi«, ermahnte Angela ihn, rief nach Lena und verschwand wieder zusammen mit ihrem Vierbeiner.

Doch statt Lena kam Birgit aus der Küche, um ihren Vater zu begrüßen. Sie begleitete ihn und Hedda ins Wohnzimmer, wo Lena über der Zeitung saß. August war noch nicht bei ihr, da hielt sie ihm schon die ganzseitige Anzeige hin, über die sie sich bereits den ganzen Morgen ärgerte. *Happy Birthday!*, stand da in großen Lettern und etwas kleiner darunter: *Wir gratulieren der jungen Aktie der Althofer Czerni Fashion zum Einstand an der Börse! Wenn Sie dem Kind aus der Wiege helfen wollen, müssen Sie sich beeilen.*

»Hätte ich nicht gefragt werden müssen, bevor Sie eine solche Anzeigenkampagne starten?«, fragte Lena. Ihre blauen Augen blitzten.

»Ist doch toll, oder?«, versetzte August nur. »Und in allen Lokalzeitungen Süddeutschlands.« Er schaute erst auf seine Armbanduhr, dann im Raum herum. Schließlich schritt er zielstrebig auf einen Fernseher zu, der als Ablage missbraucht wurde, entfernte die Stoffe, die über der Mattscheibe hingen, und schaltete ihn an.

Lena und Birgit tauschten einen Blick. Ihnen schwante Schlimmes.

»Du hast doch nicht etwa einen Fernsehspot geschaltet?«, fragte Hedda ahnungsvoll. »Das muss ein Vermögen gekostet haben.«

»Die Hälfte zahlt die Brauerei«, erklärte er pfiffig. »Achtung, es geht gleich los.«

Der Moderator verschwand, der Werbeblock wurde eingeläutet. Augusts Gesicht erschien in Großaufnahme. »Manch einer von Ihnen wird heute das Geschäft seines Lebens machen, wenn er die neue Aktie von *Althofer Czerni Fashion* zeichnet«, sagte er. »Glauben Sie einem, der es wissen muss. Ich kenne die Firma nämlich gut. Und darauf trinke ich ein *Meyerbeer*!« Neue Einstellung, man sah August jetzt an einem Tisch sitzen, er hob ein schaumgekröntes Glas, auf dem das Emblem der Brauerei *Meyerbeer* prangte.

145

»Ist doch ein Hammer«, lachte August zufrieden und sah Lena Beifall heischend an.

Ihr fehlten jedoch die Worte. Bier- und Modewerbung in einem Spot zu verbinden, darauf musste man erst einmal kommen! Lena wusste: Wenn sie jetzt etwas sagte, würde sie es später bereuen. Deshalb nahm sie einfach ihre Tasche und verließ demonstrativ die Villa. Verständnislos sah August ihr nach. Er hielt seine Idee noch immer für brillant und daran änderte auch Heddas und Birgits Kopfschütteln nichts.

Birgit eilte Lena nach und holte sie auf dem Hof ein. Doch Lena blieb erst stehen, als Birgit sie am Arm festhielt. Ihre Wangen glühten vor Wut. »Ich versteh deinen Vater einfach nicht«, platzte es aus ihr heraus. »Der Spot ist so was von geschmacklos. Merkt er das gar nicht?«

Birgit konnte nicht umhin zu lachen. Ihr Vater war ein Original und wenn er daneben langte, dann richtig. »Nicht kleckern, sondern klotzen«, sagte sie, »so ist er nun einmal. Nimm's nicht so tragisch. Morgen ist das schon vergessen.«

Lena wünschte, sie hätte das genauso locker sehen können. Doch der Börsengang machte sie sowieso schon nervös genug. Plötzlich lag auf ihren Schultern nicht mehr nur die Verantwortung für die Firma und ihre Mitarbeiter, die allein ja schon schwer genug wog, sondern auch noch die für das Geld unzähliger Anleger.

Um Lenas Sorgenfalten zu vertreiben, gab Birgit sich umso fröhlicher. Sie wusste, wie sie die Stimmung ihrer Freundin heben konnte. »Lass uns in die Fertigung gehen und nachschauen, ob Wieland mit den Mustern für die neuen Stoffe fertig ist«, schlug sie vor. Damit hatte sie genau den richtigen Punkt getroffen. Lenas Miene entspannte sich. Ihre Kreationen mit den Fingern fühlen zu können, entschädigte sie für manches, womit sie sich herumzuschlagen hatte, um ihre Träume wahr zu machen.

August Meyerbeer war zwar enttäuscht, dass seine Werbekampagne bei Lena und Birgit auf so wenig Gegenliebe stieß, doch das tat seiner Feierlaune keinen Abbruch. Auch Heddas anhaltend schlechte Stimmung machte ihm nichts aus, ganz im Gegenteil. Das eisige Schweigen, das sie auf dem Weg von der Villa in die Verwaltung beibehielt, war ihm geradezu ein Quell der Freude. Stocksteif ging sie neben ihm her, schmollte und grübelte.

Marion Stangl, die gerade telefonierte, machte ebenfalls keinen besonders glücklichen Eindruck, als die beiden ins Vorzimmer kamen. August schmunzelte. Obwohl er kein Wort ihres Telefongesprächs mitbekommen hatte, konnte er sich schon denken, worum es ging. Wahrscheinlich las sie Ewald Kunze gerade gehörig die Leviten, weil er nicht sofort bei Emissionsstart gekauft hatte. Denn der erste ermittelte Kurs lag bereits vier Euro über dem ersten Ausgabewert.

»Ich hoffe, wir haben eine Pulle Schampus im Kühlschrank«, lachte Meyerbeer, während Heddas Miene immer säuerlicher wurde. Mehr und mehr empfand sie seine Fröhlichkeit als bewusste Gehässigkeit ihr gegenüber.

Wilfried Holzknecht kam herein. Nachdem man sich zu dem gelungenen Börsenauftakt gratuliert hatte, mahnte Holzknecht, nicht allzu überschwänglich zu werden. »Der Kurs kann so schnell wieder sinken, wie er gestiegen ist«, gab er zu bedenken.

August wollte nichts davon hören. »Papperlapapp«, tat er den Einwand ab und machte eine entsprechende Handbewegung. »Morgen ist der Kurs bei fünfunddreißig. Wetten?«

»Jetzt ist es aber genug!«, stieß Hedda endlich aus. »Das ist ja nicht zum Aushalten. Gib mir die Autoschlüssel!«

»Nun hab dich nicht so«, entgegnete August. »Du musst doch nur deinen Fondmanager anrufen und ihm sagen, er soll zuschlagen.«

»Mein Fondmanager«, gab Hedda spitz zurück, »kommt erst heute aus dem Krankenhaus.«

August gab ihr den Autoschlüssel und sie verschwand. Daraufhin zog er sich in sein Büro zurück und verfolgte am Computer die weitere Entwicklung des Kurses. Sie schien seinen kühnen Erwartungen Recht zu geben. Bereits nach einer weiteren halben Stunde waren die fünfundzwanzig Euro überschritten. August brüllte jede neue Notierung laut heraus. »Fünfundzwanzigfünf«, hallte es bis auf den Gang, »fünfundzwanzigzehn. – Fünfundzwanzigvierzehn!«

»Fünfundzwanzigvierzehn«, sagte auch Birgit in einer Mischung aus Freude und Fassungslosigkeit. Sie stand im Gang vor der Fertigungshalle, um in Ruhe zu telefonieren, aber selbst hier war der Lärm der Maschinen noch groß. Waltraud hatte ihr gerade den Zwischenstand des Aktienkurses durchgegeben.

Mit dieser Information kehrte sie in die Fertigungshalle zurück, wo Lena noch immer bei Paul Wieland stand und die Stoffmuster begutachtete. Bis auf eines war sie zufrieden, Wieland und seine Leute hatten mal wieder gute Arbeit geleistet. Birgit zerrte Lena regelrecht nach draußen, um ihr die gute Nachricht zu überbringen. Lena zuckte nur die Schultern. Birgit hatte keine Freudensprünge erwartet, doch ein wenig mehr Begeisterung wäre angebracht gewesen.

»So ein Kurs hat doch nichts mit der Realität zu tun«, entgegnete sie nur und ging in Richtung Ausgang. »Schau dir doch an, wie es bei uns zugeht. Was haben wir heute schon geleistet?«

Birgit hielt Schritt. »Die Anleger glauben an dich und deine Mode«, erklärte sie, »darauf kannst du stolz sein.«

Tief in ihrem Innern war Lena das ja auch. Doch die Euphorie, die sich wie ein Flächenbrand auszubreiten schien, beängstigte sie, denn der gesunde Menschenverstand sagte einem, dass es nicht immer nur bergauf gehen konnte. Was aber, wenn der Kurs irgendwann im gleichen atemberaubenden Tempo fiel, in dem er jetzt stieg? Dann würde die Suche nach Sündenböcken beginnen und sie wäre dafür geradezu prädestiniert.

Vor der Fertigungshalle trennten sich die Wege der beiden Frauen. Birgit hatte einen Termin in der Stadt, für Lena war es an der Zeit, sich mal wieder bei Waltraud blicken zu lassen.

Waltraud telefonierte gerade mit ihrem Bernd. Kaum zu glauben, wie verändert sie wirkte, seit sie einen Mann hatte. Schon von draußen hatte Lena sie wie einen Backfisch, der sich reizvolle Schamlosigkeiten ins Ohr flüstern ließ, kichern gehört. Lena beneidete sie um ihre Unbefangenheit. Jetzt aber beendete Waltraud abrupt ihr Liebesgeflüster und wurde wieder zu der strengen Assistentin. Sie teilte ihr mit, Natalie habe sich krank gemeldet. Lena, die nebenbei die Post in ihrer Ablage durchgesehen hatte, blickte auf. »Schon wieder?«, fragte sie. Sie hatte in der letzten Woche schon ein paar Tage gefehlt.

»Grippe«, sagte Waltraud und fügte hinzu: »Angeblich.«

»Ich rede mal mit ihr«, gab Lena zurück.

So konnte es in der Tat nicht mehr weitergehen. Lena hatte gehofft, Natalies Essstörung würde sich bessern, wenn die Trennung von Felix überwunden wäre. Immerhin schien sie mit Uwe glücklich zu sein, und das zu Recht, denn er vergötterte sie. Doch ihr Problem schien sich verselbstständigt zu haben und es war an der Zeit, professionelle Hilfe in Anspruch zu nehmen.

Ganz mit diesen Gedanken beschäftigt, nahm Lena das Klingeln des Telefons kaum wahr. Im nächsten Moment hielt Waltraud ihr den Hörer hin. »Herr Althofer junior«, sagte sie mit gerunzelter Stirn.

Lena hatte natürlich von Felix' Herzanfall gehört, hatte aber keine Zeit gefunden, ihn im Krankenhaus zu besuchen. Dafür hatte Wilhelm sie über seinen Zustand auf dem Laufenden gehalten. »Wie geht es dir?«, fragte sie jetzt.

»Wie wird es mir schon gehen«, kam es bärbeißig zurück. »Beschissen. Vater hat mich gerade zu Hause abgeliefert. Und hier sieht es aus, als hätte eine Bombe

150

eingeschlagen, weil keiner die Putzfrau reingelassen hat.«

»Dann haben die Ärzte nichts Ernstes gefunden?«, wollte Lena wissen.

»Das klingt ja fast enttäuscht«, entgegnete Felix mit ätzendem Sarkasmus. Er nahm es Lena übel, dass sie ihn nicht besucht hatte und sah darin ein weiteres Anzeichen dafür, dass sie ihn fallen gelassen hatte. »Im Krankenhaus war das verdammte EKG völlig normal«, fügte er hinzu. »Aber wahrscheinlich muss man am Abkratzen sein, bis sich mal jemand blicken lässt. Nur Vater war da. Von Natalie keine Spur.«

»Der geht es selbst nicht besonders gut.«

»Aber sie hat doch alles: einen tollen Mann, eine Wohnung in München …«

Lena hatte keine Lust, sich das Selbstmitleid anzuhören, in dem Felix sich seit der Trennung von Natalie suhlte. Wenn wenigstens Liebe und Sehnsucht nach Natalie der Grund dafür gewesen wären, aber in Wahrheit war es nur verletzte Eitelkeit.

Doch das war es nicht allein, was Felix aufbrachte. Er hatte erfahren, dass der Börsengang nun doch schon heute stattgefunden hatte und fühlte sich von Lena und der Firmenleitung verschaukelt.

»Hast du mich nur angerufen, um deinen Frust abzulassen?«, fragte Lena genervt und trommelte mit den Fingern auf Waltrauds Schreibtisch.

»Ich wollte mich abmelden«, teilte Felix in beleidigtem Ton mit. »Die Firma muss noch eine Weile ohne mich auskommen.«

Von mir aus, dachte Lena, sagte aber: »Was ist eigentlich los mit dir, Felix? Wenn hier jemand Grund hat, sauer zu sein, dann doch wohl ich. Gute Besserung!« Sie knallte den Hörer auf die Gabel.

Waltraud wartete schon mit der nächsten Überraschung auf Lena. Sie hielt ihr einen ungeöffneten Brief hin, der per Einschreiben gekommen und an Angela Materna adressiert war. Vom Jugendamt. Schluckend nahm Lena ihn entgegen.

»Ich hab dich ja gewarnt«, sagte Waltraud nur.

Doch das genügte schon, um Lenas Zorn zu entflammen. Waltrauds Besserwisserei ging ihr in letzter Zeit ziemlich gegen den Strich. Wieso konnte sie Angela nicht wenigstens eine Chance geben? Aber nicht nur Waltrauds Vorurteil ließ Lena so dünnhäutig reagieren. Insgeheim fürchtete sie, Waltraud könne am Ende mit ihrer Einschätzung Recht haben.

»Da muss nichts Schlimmes drinstehen«, widersprach sie schwach.

Waltraud setzte ihr breitestes Lächeln auf. »Soll ich ihn aufmachen?«

»Untersteh dich!«

Lena steckte den Brief in ihre Tasche und verließ Waltrauds Büro. Nachdenklich ging sie in ihr Studio, doch sie konnte sich nicht konzentrieren. Der Brief ging ihr nicht aus dem Kopf. Angela hatte ihr von den Schwierigkeiten mit ihrer Mutter und deren neuem Lebensgefährten erzählt. Dieser führte sich wie ihr Vater auf und ihre Mutter unterstützte ihn darin auch noch. Trotzdem könne sie nicht einfach von zu Hause verschwinden, hatte Lena sie ermahnt, sie sei schließlich noch nicht volljährig. Zuletzt hatte sie ihr das Ver-

152

sprechen abgenötigt, mit ihrer Mutter wenigstens zu reden, um die Situation zu klären.

Da sie nicht arbeiten konnte, beschloss Lena, sofort mit Angela zu reden, obwohl sie am Nachmittag sowieso mit ihr verabredet war. Sie rief in der Villa an, doch niemand hob ab. Es war Mittagszeit. Vielleicht steckte sie in der Kantine.

Vor der Kantinentür hielt Lena inne, denn lautes Stimmengewirr drang auf den Flur heraus. »Wir müssen was tun«, hieß es von einer Seite, ein anderer rief: »Dreißig Euro in vier Stunden! Und wir sind nicht dabei!« Dann hörte sie Kunzes Stimme. Er versuchte, die Wogen zu glätten, erklärte, es sei überhaupt nichts verloren, wie manche hier behaupteten. »Aber eben auch nichts gewonnen.« Das war Marion Stangls Stimme.

Kein Zweifel, dies war eine Krisensitzung der Lottogemeinschaft. Kunze war offensichtlich ganz schön in der Bredouille, weil er es versäumt hatte, den Gewinn rechtzeitig in *ACF*-Aktien zu investieren. Lena fürchtete, wenn sie jetzt da hinein ginge, würden sich alle sofort auf sie stürzen. Sie konnte das Wort Aktie allmählich nicht mehr hören. Deshalb kehrte sie unverrichteter Dinge in ihr Studio zurück.

Angela kam nicht nur zu der Verabredung am Nachmittag, was keineswegs selbstverständlich war, sondern war sogar einigermaßen pünktlich. Stolz präsentierte sie Lena einen Packen. Bilder von jungen Menschen in ausgeflippter, origineller Aufmachung. Die Ausbeute ihres ersten Streifzuges als Trend-Scout.

Lena war zufrieden. Angela hatte schon im ersten Versuch Gespür und Auge für das bewiesen, worauf es ankam. Noch mehr aber gefiel ihr die Begeisterung, mit der das Mädchen zu Werke ging. Angela schien sich sogar schon Gedanken gemacht zu haben, wie man das eine oder andere entdeckte Detail in einem neuen Design auswerten könnte.

»Schön eins nach dem anderen«, bremste Lena ihren Eifer, zog eine Schublade ihres Schreibtisches auf und holte ein Formular heraus. Angela nahm es und las nicht ohne Entsetzen: »Anmeldung zur Berufsschule?« Sie sah Lena entgeistert an.

»Wieso sollte es dir besser gehen als mir?«, fragte Lena lächelnd.

»Aber dann finden die mich doch.«

»Sie haben dich schon gefunden.«

Nun reichte Lena ihr den Brief vom Jugendamt.

Angelas Herz krampfte sich zusammen. Hastig riss sie den Umschlag auf und las. Lena beobachtete sie dabei genau, sah das Flackern in ihren Augen und die sich rötenden Wangen. Von der teenagerhaften Coolness war nicht mehr viel übrig. Schließlich ließ sie den Brief auf den Schreibtisch fallen, wandte sich ab und ging zum Fenster.

Lena hob den Brief auf und überflog den Inhalt. Das Jugendamt wies Angela darauf hin, dass sie noch nicht volljährig sei und darum unter der Verantwortung ihres Erziehungsberechtigten stehe. Der Ton war sachlich, aber keineswegs aggressiv. Das Wohlwollen des Amtes zeigte sich ja schon in der Tatsache, dass man Angela überhaupt diesen Brief schrieb, statt sie einfach von der Polizei abholen zu lassen.

Lena stand auf und ging zu Angela. »Soll ich mal mit

deiner Mutter sprechen?«, fragte sie. »Wenn ich ihr sage, dass du hier eine Berufsausbildung machst …«

»Das hat doch keinen Sinn!«, fiel ihr Angela ins Wort. »Meine Mutter hasst mich. Sie hat mir bisher noch alles kaputt gemacht.«

Sie wischte hastig eine Träne fort.

»Jetzt übertreibst du aber«, widersprach Lena. »Ihr habt Probleme miteinander, jemand zu hassen ist etwas anderes.«

»Wenn sie spitzkriegt, wo ich bin, hetzt sie mir die Polente auf den Hals, das steht fest.« Angela wandte sich um und sah Lena flehend an. »Du musst mir helfen.«

Lena trat näher an sie heran und nahm sie an den Schultern. »Wir gehen gemeinsam zum Amt und reden mit denen.«

Angela machte sich los. Ihre Erfahrungen mit Ämtern waren andere. Seit sie immer wieder von zu Hause wegrannte, hatte sie mit dem Jugendamt zu tun. Es war sogar schon ein Heimaufenthalt erwogen worden, den ihre Mutter aber kategorisch abgelehnt hatte. Das war auch das einzig Gute, was Angela über ihre Mutter sagen konnte. Jetzt hob sie den Brief wieder auf, doch nur, um ihn gleich wieder voller Verachtung fallen zu lassen.

»In einem solchen System hast du keine Chance«, sagte sie bitter.

»Auch ein System besteht letztlich aus Menschen«, gab Lena zu bedenken. »Und mit Menschen kann man reden.«

Da fiel ihr Blick auf die Armbanduhr. Es war schon vier Uhr. Später als sie gedacht hatte. Sie wies auf einen

Stapel erledigter Post auf ihrem Schreibtisch und bat Angela, ihn zu Waltraud zu bringen, fügte hinzu: »Zusammen mit deinem ausgefüllten Anmeldeformular für die Berufsschule. Außerdem soll sie beim Jugendamt einen Termin für uns machen. Sag ihr, ich bin noch eine Weile drüben in der Villa und fahre dann zu Natalie nach München.«

Angela seufzte. »Willst du das nicht lieber selbst erledigen?«, fragte sie. »Frau Michel kann mich nicht ausstehen.«

Lena sah Angela einen Moment schweigend an, dann meinte sie: »Waltraud hat nur Angst, ich könnte mich mit dir auf etwas eingelassen haben, das ich später bereue.«

»Und du? Hast du diese Angst auch?«

»Nein.« Lena trat zu ihr, setzte sich auf die Kante ihres Schreibtisches. »Waltraud ist misstrauisch. Selbst ich habe eine Weile gebraucht, um sie von mir zu überzeugen. Deshalb solltest du nicht so schnell aufgeben. Mach deine Arbeit, sei freundlich und zuverlässig. Du solltest nie vergessen: Wenn du von jemandem respektiert werden willst, musst du ihn erst selbst respektieren.« Lena lachte auf. »Mein Gott, ich klinge schon wie meine Mutter.«

Sie verabschiedete sich und ließ Angela alleine in ihrem Büro zurück. Unschlüssig stand Angela eine Weile im Raum, bis sie sich schließlich hinter den Schreibtisch setzte und sich ein wenig auf dem Schreibtischstuhl hin- und herdrehte. Vor ihr lag das Formular der Berufsschule. Sie konnte sich nicht entschließen, es auszufüllen. Wieso brauchte man für alles Abschlüsse und Zertifikate? Wieso reichte nicht einfach die eigene Begeisterung und das, was sie sich von Lena abschauen konnte? Seit ihrer Kindheit hatte Angela sich gegen Zwänge aufgelehnt. Immer hatte man ihr gesagt: Tu dies! Tu das! Keiner hatte sich die Mühe gemacht, ihr zu erklären, warum sie etwas tun und etwas anderes lassen sollte. Sie nannte diese Welt aus unbegründeten Verboten und Geboten und dubiosen Autoritäten »das System«. Das System war es, das die Menschen unglücklich und unfrei machte. Sie hatte sich geschworen, nie zum System überzulaufen. War sie jetzt vielleicht schon dabei?

Eigentlich hätte Lena für sie ein ausgezeichnetes Beispiel für jemanden sein müssen, der dem System angehörte, denn schließlich hatte sie eine Menge Mitarbeiter unter sich, denen sie sagte, was sie zu tun hatten. Trotzdem war sie ganz anders. Nicht die Macht bedeutete ihr etwas, sondern ihre Arbeit, ihr Traum. Und war es nicht das, was sie selbst auch wollte: sich ihren Traum erfüllen?

Angela nahm einen Stift und füllte das Formular aus. Ein paar Mal noch unterbrach sie sich, verwarf alles wieder, doch sie besann sich jedes Mal eines Besseren und fuhr fort, bis sie am Ende ihre Unterschrift darunter setzte. Dann nahm sie das Formular, das Schreiben des Jugendamtes und den Stapel erledigter Post und verließ das Büro.

Waltraud hatte ihren Schreibtisch schon aufgeräumt und freute sich darauf, Bernd wieder zu sehen, als Angela hereinkam, sie bemüht freundlich grüßte und ihr die verschiedenen Papiere hinlegte, obenauf ihr Formular. »Das ist meine Anmeldung für die Berufsschule«, erklärte sie nicht ohne Stolz. »Außerdem lässt Lena Sie fragen, ob Sie einen Termin beim Jugendamt machen könnten.«

Erstaunt sah Waltraud sie an. Mit so viel geballter Freundlichkeit hatte sie von dieser Seite nicht gerechnet. Aber wenn sie etwas noch unausstehlicher fand als selbstsüchtige, zickige und unausstehliche Teenager, dann waren das selbstsüchtige, zickige, unausstehliche Teenager, die einen mit gespielter Höflichkeit um den Finger wickeln wollten.

»Ich hab jetzt Feierabend«, sagte sie brüsk und sah Angela kalt an.

Angela wollte schon gehen, drehte sich an der Tür aber noch einmal um. »Was haben Sie eigentlich gegen mich?«, wollte sie wissen.

»Jede Menge«, antwortete Waltraud unverblümt. »Aber ich denke nicht daran, meinen Feierabend damit zu vergeuden, Ihnen das zu erklären.« Um das zu unterstreichen, verließ sie das Büro und forderte Angela mit einem strengen Blick auf, ebenfalls zu verschwinden.

Angela ließ nicht locker und hängte sich an Waltraud, die mit weit ausholenden Schritten den Gang hinabging. »Sie glauben, ich nutze Lena aus, oder?«, sagte das Mädchen.

»Allerdings.«

»Sie haben Recht. Aber anders, als Sie denken. Ich lerne von Lena. Und dabei nehme ich alles mit, was ich kriegen kann. Eines Tages gebe ich ihr alles wieder zurück.«

Die beiden waren am Ausgang angekommen. Angela hielt Waltraud die Tür auf. Diese musterte sie misstrauisch. War sie nun klug oder doch nur auf die Art und Weise schlau, die Waltraud verabscheute? Sie blieb vor ihr stehen und sagte: »Sie wohnen bei Lena – umsonst! Sie und Ihr Haustier essen bei ihr – umsonst! Sogar die karitativen Zuwendungen für Ihre Freunde von der Straße nehmen Sie von Lena – natürlich umsonst.«

Angela spürte, wie Wut in ihren Bauch kroch. Für wen hielt diese Frau sich eigentlich? Sie redete von Dingen, die sie nicht verstand, beurteilte alles nur nach dem Augenschein. Warum sollte sie Lebensmittel, die kurz vor dem Ablauf ihres Haltbarkeitsdatums waren, nicht ihren Freunden schenken, statt sie im Kühlschrank vergammeln zu lassen und dann wegzuwerfen?

»Sie sind nur ein Schmarotzer«, schloss Waltraud, »der sich beim geringsten Problem aus dem Staub macht.«

Nun war es mit Angelas Selbstbeherrschung vorbei. Genau das hatte ihr ihre Mutter auch immer vorgeworfen. Aber das stimmte nicht. Es lag nicht an ihr. »Wenn es so ist, dann liegt es nur an Leuten wie Ihnen!«, stieß sie aus.

»Natürlich«, versetzte Waltraud mit höhnischem Unterton, »schuld sind immer die anderen. Das kennt man ja.«

Damit ließ sie Angela stehen. Die konnte nur die Fäuste ballen vor sprachloser Wut. Sie spürte in sich den Impuls, in die Villa zu laufen, ihre Sachen zu packen und so schnell wie möglich von hier zu verschwinden. Doch dann änderte sich ihr Sinn. Wenn ich das tue, bestätige ich die Vorurteile der Michels nur, dachte sie. Und diesen Gefallen wollte sie ihr nicht tun.

Ungeduldig tigerte Felix durch die Wohnung. Sein glorreicher Plan war fürs Erste gescheitert. Es brauchte nicht viel Fantasie, um sich vorzustellen, wie es zu diesem Desaster gekommen war. Irgendwie hatte man in der Führung von *Althofer* von der beabsichtigten Spekulation erfahren. Wo die undichte Stelle war, war auch leicht auszumachen: Hedda. Aber all das zählte jetzt nicht mehr. Es ging um Schadensbegrenzung.

Natürlich hatte Felix sich sofort mit Dr. Lausitz in Verbindung gesetzt. Er hatte versprochen, mit dem nächsten Flugzeug aus Frankfurt zu kommen. Jetzt war der erste Börsentag schon fast vorbei und Lausitz noch immer nicht da. Auch Andreas Straubinger war nicht zu erreichen. Er sei bei Gericht, hieß es im Sekretariat der Kanzlei.

Endlich tauchte Lausitz auf. Bei ihm lagen die Nerven ebenso blank. Er hatte wie immer seinen Laptop dabei, den er sogleich einschaltete, um die derzeitige Notierung des *ACF*-Papiers abzufragen. Felix schaute ihm dabei nervös über die Schulter. »Dreiunddreißig Euro«, sagte Lausitz schließlich und blickte sich zu Felix um. »Unter Insider-Informationen verstehe ich etwas anderes.«

»Sie wollten sich doch bei der Emissionsbank wegen des geänderten Termins erkundigen«, konterte Felix. »Außerdem lag ich bis heute Morgen in der Klinik.«

»Da können Sie auch gleich wieder einchecken, wenn es so weitergeht.« Verärgert klappte Lausitz seinen Laptop zu.

Felix warf ihm einen bösen Blick zu. Er konnte es nicht leiden, wenn man mit seiner Gesundheit scherzte. Nicht mehr, seitdem er sich dem Tod so nah gefühlt hatte. »Straubinger ist nicht zu erreichen«, sagte er. »Wir müssen ohne ihn entscheiden.«

»Ich schlage vor, wir steigen ein.«

»Bei dem Fantasiekurs?«, rief Felix entsetzt aus.

»Ich glaube, der Höhenflug ist noch nicht zu Ende.« Er zwinkerte Felix komplizenhaft zu. »Außerdem: Was Meyerbeer kann, können wir schon lange. Es braucht nur ein wenig diskrete Pressearbeit. Oder wieso baggern Sie nicht die Wirtschaftsjournalistin an, die diese Börsensendung macht?« Lausitz hielt inne. Felix war plötzlich weiß wie eine Wand geworden, auf seiner Stirn standen Schweißperlen. Er fiel aufs Sofa und fühlte am Hals seinen Puls. Dann nahm er verschiedene Tabletten, die griffbereit auf dem Tisch lagen, und schluckte sie mit etwas Wasser.

»Soll ich den Notarzt rufen?«, fragte Lausitz.

Felix schüttelte den Kopf. »Ist schon wieder besser.«

Lausitz wartete einen Moment, ehe er vorsichtig fragte, wie es denn nun weitergehen solle. Felix wusste es selbst nicht. »Im Moment einzusteigen, wäre Wahnsinn«, sagte er. »Wir warten noch ein wenig, um zu sehen, wie der Kurs sich entwickelt und wie wir ihn zu unseren Gunsten beeinflussen können. Vorerst brauche ich aber ein wenig Ruhe.«

Dr. Lausitz hätte gerne eine etwas konkretere Antwort gehabt, aber er sah ein, dass Felix im Moment nicht dazu in der Verfassung war. Er erklärte, er werde sich mit Straubinger besprechen und dann werde man weitersehen. Nachdem er »Gute Besserung« gewünscht hatte, verschwand er.

Felix atmete schwer. Zurzeit ging so ziemlich alles in seinem Leben schief.

Natalie lag im Bett, starrte an die Decke und dachte über ihr Leben nach. Sie hatte zwar keine Grippe, wie sie Waltraud erzählt hatte, aber sie fühlte sich trotzdem ziemlich schwach auf den Beinen. Vor einer Weile hatte Lena angerufen und erklärt, sie komme später vorbei, müsse vorher nur noch ein paar Dinge erledigen. Natalie sah dem Besuch ihrer Freundin mit gemischten Gefühlen entgegen. Einerseits war sie froh, sie endlich wieder zu sehen, andererseits würde Lena sie wahrscheinlich auf das ansprechen, was sie ihr *Problem* nannte. Dazu hatte Natalie aber nicht die geringste Lust.

Seufzend setzte sie sich auf. Irgendwie spürte sie ja, dass etwas mit ihr nicht stimmte. Sie hatte den liebsten und treuesten Freund, den sie sich vorstellen konnte. Jeden Tag aufs Neue schwor er ihr seine Liebe. Aber er beließ es nicht nur bei Worten, sondern tat alles, um die Ernsthaftigkeit dieses Schwures zu beweisen.

Trotzdem lebte Natalie in der ständigen Angst, sie könne ihn genau wie Felix an eine andere Frau verlieren, die besser aussah als sie. Um das zu verhindern, musste sie schön sein. Deshalb betrachtete sie sich mehrmals täglich kritisch im Spiegel. Ständig war sie auf der Suche nach Fettpölsterchen, die sie bisher übersehen hatte. Und sie wurde auch stets fündig. Von da an setzte sie ihren ganzen Ehrgeiz daran, sie zum Verschwinden zu bringen.

Doch von Zeit zu Zeit überkamen sie Attacken von Heißhunger, bei denen sie jegliche Beherrschung über sich verlor und wahllos alles Essbare, dessen sie habhaft werden konnte, in sich hineinstopfte. Die anschließende Reue war groß und wurde zur Verzweiflung, die erst wieder nachließ, wenn sie das Essen wieder losgeworden war.

Als Natalie hörte, wie jemand die Tür aufschloss, sprang sie auf. Das musste Lena sein. Sie eilte aus dem Bad und lief ins Wohnzimmer. Doch zu ihrer Überraschung war es nicht Lena, sondern – Chris!

Die beiden sahen sich einen Moment in sprachlosem Erstaunen an. Verlegen schob Natalie ihr Haar hinters Ohr. Sie trug einen von Uwes Schlafanzügen und hielt sich für nicht gerade präsentabel. Das galt allerdings in noch weit höherem Maße für Chris. Er sah aus wie eine Kopie von Indiana Jones, seine Haare waren lang und verfilzt, die letzte Rasur lag offensichtlich einige Zeit zurück und die Sachen, die er am Leib trug, hatten bestimmt schon eine Weile keine Waschmaschine mehr gesehen. Um ihn herum standen Koffer und Taschen.

»Da wird Lena Augen machen«, sagte Natalie schließlich, »oder weiß sie …?«

Chris schüttelte sogleich heftig den Kopf. Erst jetzt wurde Natalie sich bewusst, dass sie sich ja in seiner Wohnung befand. Sie erzählte von sich und von Uwe,

163

der jetzt für Lena arbeite, und erklärte, sie sei krank und die Wohnung deshalb in diesem Zustand.

»Wie geht es Lena?«, fragte Chris nur.

»Das kannst du sie selber fragen«, entgegnete Natalie. »Sie kommt gleich.« Ihre Stimme wurde ernst. »Vieles hat sich verändert. Auch Lena.«

Chris glaubte zu wissen, was sie meinte: die Schwangerschaft. »Sieht man schon was?«, fragte er.

Natalie brauchte einen Moment, um zu begreifen, dass er von Lenas Schwangerschaft sprach. Au backe, dachte sie, er weiß es noch nicht. Sie hielt es für das Beste, wenn Lena es ihm selbst erzählte. Deshalb ging sie einfach darüber hinweg, bat ihn, sich zu setzen und verschwand, um ihm ein Bad einlaufen zu lassen, wie sie sagte. In Wahrheit aber wollte sie nur unbequemen Fragen aus dem Weg zu gehen.

Chris nahm auf dem Sofa Platz und sah sich um. Natalie hatte Recht. Alles hatte sich verändert. Auch er selbst. Vor allem eines hatte er in der Fremde erfahren: wie sehr er Lena liebte und vermisste.

In diesem Moment ging die Wohnungstür auf und Uwe kam herein. Er glaubte seinen Augen nicht zu trauen, als er Chris auf dem Sofa sitzen sah. Wenig später lagen die beiden Freunde sich in den Armen und begrüßten sich überschwänglich. Da Uwe nicht locker ließ, erzählte Chris in wenigen Worten von seinen Erfahrungen in einem chinesischen Gefängnis, in das man ihn gesteckt hatte, weil er in Tibet an einer verbotenen Stelle Fotos gemacht hatte.

Nach einer Weile kam Natalie zu ihnen. »Wo ist Lena?«, fragte sie.

»Kommt später«, teilte Uwe mit.

»Wie immer«, sagte Natalie schmollend. »Erst heißt es später und dann kommt sie gar nicht.«

Das Risiko wollte Chris erst gar nicht eingehen. Er nahm eilig ein Bad und lieh sich dann Uwes Wagen, um nach Augsburg zu fahren.

Lena steckte noch in einer Besprechung mit Wilfried Holzknecht und Birgit fest, die im Wohnzimmer der Villa stattfand. Es ging dabei um den Verlauf des ersten Börsentages und die Verwendung des zusätzlichen Kapitals. Birgit hatte Champagner kalt gestellt. Holzknecht dämpfte die Euphorie, indem er erklärte, die Aktie sei deutlich überbewertet und das wecke Erwartungen, die schwer zu erfüllen seien.

»Versprechen Sie mir eins«, bat Lena schließlich. »Erwähnen Sie den Aktienkurs nie mehr in meiner Gegenwart. Wie soll ich da arbeiten?«

Dr. Holzknecht lächelte. »Ich glaube, ich verstehe, was Sie meinen«, sagte er und nippte an seinem Champagner. Lena sah ihn erstaunt an. Von dieser Seite hätte sie kaum Verständnis erwartet. »Wer lässt sich schon gerne bei der Arbeit ständig auf die Finger schauen«, fügte Holzknecht hinzu.

»Ich stelle mich nach einer Präsentation gerne der Kritik«, erklärte Lena, »auch was den Umsatz angeht. Aber ich will nicht jeden Tag und jede Minute von einem anonymen Markt meine Erfolgsquote reingerieben bekommen. Deshalb bin ich froh, dass wir einen Mann haben, der den finanziellen Überblick behält.«

Wilfried Holzknecht quittierte das Kompliment mit

einem freundlichen Lächeln. Dann hob Birgit ihr Glas, um noch einmal auf den erfolgreichen ersten Börsentag anzustoßen. Damit war die Besprechung beendet, Dr. Holzknecht und Birgit ließen Lena allein.

Sie verharrte einen Moment so, wie die beiden sie verlassen hatten. Dann atmete sie tief durch. Ihr war, als sei dies der erste Atemzug an diesem Tag. Auch die Anspannung in ihrem Bauch ließ langsam nach. Würde es von jetzt an jeden Tag so sein? Stand sie jetzt tagtäglich auf dem Prüfstand? Sie wusste, dass es so war, da mochte Dr. Holzknecht noch so viel Verständnis äußern.

Plötzlich hatte Lena das Gefühl, von jemandem beobachtet zu werden. Der Blick fühlte sich an wie die sanfte Berührung einer Hand und sie spürte ein leichtes Kribbeln auf ihrer Haut. Noch ehe sie ihn sah, wusste sie, wer sie anschaute: Chris.

Lena fuhr herum. Tatsächlich! Chris stand im dämmrigen Licht des Zimmers an der Tür, wer weiß, wie lange schon. Trotzdem wusste sie nicht, ob er wirklich dort stand oder ob sie nur ein Trugbild sah, das die Sehnsucht ihr vorgaukelte.

Nach einer Weile löste er sich aus dem Schatten und ging auf sie zu. Auch jetzt sah er sie nur lange an. Bis das Schweigen unerträglich wurde und er endlich sagte: »Ich hab es nicht mehr ohne dich ausgehalten. Und seit ich weiß, dass du ein Kind ...« Er vollendete den Satz nicht, legte dafür seine Arme um sie.

Doch da Lenas Haltung sich versteifte, ließ er sie sogleich wieder los. Sie trat einen Schritt zur Seite. Der so gut verdrängte Schmerz über das verlorene Kind war plötzlich wieder da. »Es gibt kein Kind mehr, Chris«, sagte sie, lächelte dabei ein Lächeln, hinter dem sich ihre unsagbare Traurigkeit verbarg. »Nenn es einen bösen Scherz der Natur.«

Chris sah sie verständnislos an.

»Was erwartest du?«, fuhr sie fort. Hilflosigkeit breitete sich in ihr aus. »Dass ich mich freue, weil du wieder da bist? Und warte, bis du wieder gehst?«

»Was meinst du mit ›ein böser Scherz der Natur‹?«, fragte Chris nur.

Tränen drängten in Lenas Augen, sie bezwang sie nur mit Mühe. »Ich will nicht mehr davon reden«, sagte sie. »Es war schwer genug, damit klarzukommen. Und dich will ich auch vergessen! Was bildest du dir eigentlich ein!« Nun konnte sie die Tränen nicht länger unterdrücken, eine nach der anderen rollte über ihre Wangen.

Betroffen sah Chris zu. Er wusste nicht, was er tun sollte; was sie von ihm erwartete. Sollte er gehen? Oder sollte er sie in den Arm nehmen? Schließlich entschied er sich für das einzig Richtige. Er hielt sie ganz fest und küsste leidenschaftlich ihren Mund, der schon protestieren wollte.

Erst da erkannte Lena, wie froh sie war, ihn wieder bei sich zu haben. Erst jetzt begriff sie, dass eine schlimme Zeit endlich vorüber war. Sie ergab sich ganz seinem Kuss und schloss ihn in ihre Arme, denn sie wollte ihn von nun an nicht mehr fortlassen.

Lieber ein gutes Buch als im falschen Film.

Mit TV SPIELFILM wissen Sie immer, wann sich das Einschalten lohnt und wann Sie lieber zu Ihrem Lieblingsbuch greifen sollten.

www.tvspielfilm

TV SPIELFILM – Nur das Beste sehen